हिन्द पॉकेट बुक्स

जिगर की शायरी

प्रसिद्ध हिन्दी साहित्यकार आचार्य श्रीरामनाथ सुमन का जन्म 20 जुलाई 1926 को उत्तर प्रदेश के हापुड़ जिला के धौलाना ग्राम में हुआ था। भारत संस्कृत परिषद के संस्थापक आप ही थे। आपने संस्कृत और हिन्दी में अनेक पुस्तकों की रचना की। अल्पायु में ही आप स्वतंत्रता संग्राम में भी कूदे और आजादी के बाद भारत विभाजन और गोहत्या के विरोध में संस्कृत के हजारों छात्रों के साथ आंदोलन किया और जेल की यातनाएं सही। आपको अनेक पुरस्कार मिले और आप संस्कृत को राष्ट्रभाषा बनाने के लिए जीवनभर संघर्षरत रहे, लेकिन आपका यह सपना पूरा न हो सका। आपने कई स्थलों पर वेद विद्यालयों की स्थापना भी की। 15 अप्रैल 1999 को पिलखुवा में आपका निधन हुआ।

जिगर की शायरी

सम्पादक

श्रीरामनाथ 'सुमन'

हिन्द पॉकेट बुक्स

पेंगुइन रैंडम हाउस इम्प्रिंट

हिन्द पॉकेट बुक्स

यूएसए। कनाडा। यूके। आयरलैंड। ऑस्ट्रेलिया। सिंगापुर
न्यू ज़ीलैंड। भारत। दक्षिण अफ्रीका। चीन

हिन्द पॉकेट बुक्स, पेंगुइन रैंडम हाउस ग्रुप ऑफ़ कम्पनीज़ का हिस्सा है,
जिसका पता global.penguinrandomhouse.com पर मिलेगा

पेंगुइन रैंडम हाउस इंडिया प्रा. लि.,
चौथी मंजिल, कैपिटल टावर -1, एम जी रोड,
गुड़गांव 122 002, हरियाणा, भारत

पेंगुइन
रैंडम हाउस
इंडिया

प्रथम हिन्दी संस्करण हिन्द पॉकेट बुक्स द्वारा 1988 में प्रकाशित
यह हिन्दी संस्करण हिन्द पॉकेट बुक्स में पेंगुइन रैंडम हाउस द्वारा 2022 में प्रकाशित

10 9 8 7 6 5 4 3 2

ISBN 9789353495558

मुद्रकः रेप्रो इंडिया लिमिटेड

www.penguin.co.in

FSC www.fsc.org MIX Paper from responsible sources FSC® C047271

This is a legitimate digitally printed version of the book and therefore might not have certain extra finishing on the cover.

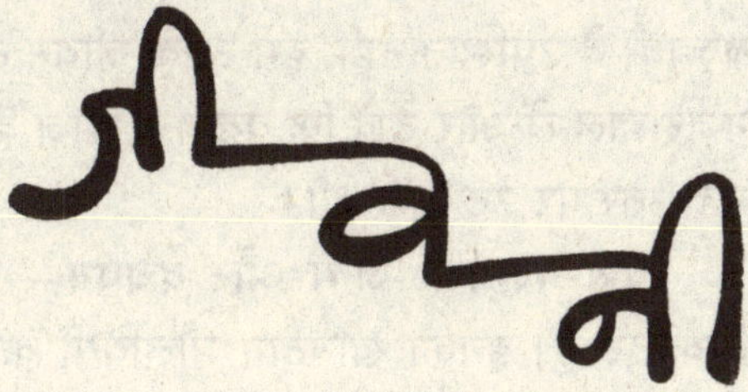

जिगर

ग़ज़ल उर्दू शायरी की संस्कृति का सांचा है। प्रो० रशीद अहमद सिद्दीक़ी ने सच ही कहा है कि 'ग़ज़ल शायरी नहीं, तहज़ीब है।' और यह तहज़ीब बहुत कुछ व्यक्ति की अपनी अनुभूति, अपनी मनोरचना और उदार भावना पर निर्भर करती है। इसीलिए ग़ालिब ने कहा था कि अच्छा इंसान बने बिना कोई अच्छा शायर नहीं हो सकता।

आधुनिक उर्दू काव्य को गौरव प्रदान करनेवाले कवियों में एक से एक बड़े नाम लिए जा सकते हैं, पर शायद 'जिगर' ही ऐसे हैं जो इस कसौटी पर पूरी तरह खरे उतरते हैं। होश में हों या बेहोशी में, शराब में सरशार हों या अन्तर्वेदना में डूबे मद्य-विमुख, वे सदा इंसान रहे—अन्दर कुछ, बाहर कुछ और, ऐसा नहीं। आकाश में उड़ते हुए भी सदा इंसानियत की ज़मीन पर दृढ़ चरणों से चढ़ते हुए, इंसान से प्यार लेते और देते, देते और लेते, मुहब्बत की शमअ़ जलाए हुए यांत्रिक अंधेरे वातावरण को ज्योतिर्मय करते, अपनी द्रवणशीलता में सबको नहलाते, मानवों की मुर्दा रूहों को झकझोरकर जगाते-जिलाते राह पर चले जा रहे हैं और चले जा रहे हैं—ये थे 'जिगर', जो अपने साथ एक युग की सर्वोत्तम संस्कृति की परम्परा को समेटकर चले गए हैं और हमें छोड़ गए हैं कि जब इस बज़्म में वे उपस्थित नहीं, हम उनके जीवन तथा विविध प्रवृत्तियों पर एक नज़र डाल लें और देखें कि वह क्या चीज़ है जिससे उनकी कविता इतने ऊंचे स्तर पर उठ सकी थी।

वंश-परम्परा, जन्म और बचपन—'जिगर' का पूरा नाम अली सिकन्दर है। इनका ख़ानदान मौलवियों का ख़ानदान था। इनके पूर्वज

मौलवी मुहम्मद समीअ़ दिल्ली के रहनेवाले थे। वे शाहजहां के उस्ताद थे, पर बाद में कुछ खटपट हो जाने के कारण उन्हें दिल्ली छोड़नी पड़ी। उस समय वंश के दो टुकड़े हो गए—एक आज़मपुर (बिहार) चला गया; दूसरा मुरादाबाद आकर बस गया। जो लोग मुरादाबाद आए, उन्होंने बड़ी सफलता प्राप्त की और काफी सम्पत्ति भी खड़ी कर ली। 'जिगर' के परदादा हाफ़िज़ नूर मुहम्मद की शादी में सम्पूर्ण नगर को आमन्त्रित किया गया था। परदादा नूर मुहम्मद और दादा हाफ़िज़ मौलवी अमज़दअ़ली दोनों शायर थे। दादा का एक शेर 'जिगर' को याद था, अक्सर सुनाते और उसकी तारीफ़ किया करते थे:

लुत्फ़े-जानां रफ़्ता-रफ़्ता आफ़ते-जां हो गया,
अब्रे-रहमत इस तरह बरसा कि तूफ़ां हो गया।

(प्रियतमा का आनन्द धीरे-धीरे प्राणों का संकट हो गया। उनकी कृपा का मेघ कुछ इस तरह बरसा कि तूफ़ान बन गया।)

'जिगर' के पिता स्व० मौलवी अलीनज़र भी अच्छे शायर थे। 'नज़र' के उपनाम से कविता करते थे; ख़्वाजा वज़ीर लखनवी के शिष्य थे। उनका एक दीवान भी 'बाग़े-नज़र' के नाम से छप चुका है। उनका एक शेर है :

वो यहां आए हम वहां पहुंचे,
उनको शिकवा[1] हमें गिला[2] न रहा।

'जिगर' के चचा मौलवी अलीज़फ़र भी शायरी करते थे। 'ज़फ़र' तख़ल्लुस था। इनका एक शे'र 'जिगर' ने याददाश्त से नोट किया है :

हो ही जाता है तख़ल्लुस पे ज़फ़र का धोका,
ऐ 'ज़फ़र' बन्दिशे-अ़शआ़र[3] करूं या न करूं।

'जिगर' के छोटे भाई अलीमुज़फ़्फ़र भी शायर हैं और 'दिल' तख़ल्लुस रखते हैं। इस तरह इनका वंश ही कवित्वमय रहा है।

---

1. शिकायत 2. उपालंभ 3. काव्य-रचना (शेर बांधू या नहीं।)

'जिगर' का जन्म 1890 में बनारस में हुआ था। उस वक्त उनके पिता टोंक के नवाब के साथ वहीं रहते थे। परन्तु जब ये छः मास के थे तभी पिता बनारस की नौकरी छोड़ मुरादाबाद आ गए।

शिक्षा तो इनकी कुछ खास न हो सकी। प्रारम्भिक शिक्षा बिलकुल मामूली हुई। अ़रबी से प्रायः अनभिज्ञ, फ़ारसी 'यूसुफ़-ज़ुलेख़ा' और 'सिकन्दरनामा' तक पढ़ी होगी। अंग्रेज़ी भी बहुत मामूली जानते थे, नवें दर्जे तक पढ़े थे।

काव्य की प्रारम्भिक झलक—जिसे आगे चलकर एक बड़ा शायर होना था, और जो नियति के हाथों दुनिया की विराट शाला में गढ़ा जाने को था, वह स्कूल-कॉलेज में बंधकर कैसे रह सकता था! जिस वंश में जन्म लिया, बचपन में जिस वातावरण में पले, सांस ली, वह कविता से इतना आर्द्र था कि बड़ी कच्ची उम्र में ही—तेरह-चौदह साल में ही—इन्हें शेरो-शायरी का चस्का लग गया। एक दर्द-भरा दिल इन्हें मिला था; एक दृष्टि शुरू से ही इनमें थी। इनके प्रारम्भिक काव्य में भी इनकी प्रतिभा और आगे आनेवाली सफलताओं की ज्योतिरेखाएं देखी जा सकती हैं। कुछ उदाहरण लीजिए :

दोस्त अग़ियार[1] हुए जाते हैं,
हाथ बेकार हुए जाते हैं।
अपने जल्वों को छुपाए रक्खो,
सर्फ़े[2] - दीदार[3] हुए जाते हैं।

वो चेहरा है पुरनूर[4] कि अल्लाह की क़ुदरत[5],
वो आंख है मख़्मूर[6] कि 'हाफ़िज़'[7] की ग़ज़ल है।

1. प्रतिद्वन्द्वी 2. व्यय 3. नयन, दृष्टि 4: ज्योतिर्मय 5. ईश्वर की महिमा 6. ख़ुमारी से भरी, सरमस्त 7. फ़ारसी के परम प्रसिद्ध कवि, जिनकी रचनाएं शराब की मस्ती में डूबी हुई हैं।

नाला[1] होता है, आह होती है,
क्या बुरी चीज़ चाह होती है।
मेरे ग़मख़ानए - मुसीबत[2] की,
चांदनी भी सियाह[3] होती है।
यूं न पर्दा करो ख़ुदा के लिए,
देखो दुनिया तबाह होती है।

लेके ख़त उनका किया ज़ब्त[4] बहुत कुछ लेकिन,
थरथराते हुए हाथों ने भरम[5] खोल दिया।

गर चश्मे-आरज़ू[6] की हालत यही रहेगी,
पर्दे में भी किसी की बेपर्दगी रहेगी।
तुम ख़ाक में मिला दो दिल को, जिगर को लेकिन
अरमां[7] यही रहेंगे, हसरत[8] यही रहेगी।

ये सब 'जिगर' के लड़कपन की रचनाएं हैं, पर यदि पहले से यह बात बताई न जाए तो किसीको गुमान भी नहीं हो सकता। 'जिगर' प्रकृत कवि थे। आरम्भ में अपनी रचनाएं दो-चार उस्तादों को दिखाईं और थोड़ा-बहुत लाभ भी उठाया। लिखना शुरू किया तब इनके पिता ही कभी-कभी इनकी ग़ज़लें देख लिया करते थे। पिता की मृत्यु के बाद 'जिगर' ने 'दाग़' का पल्ला पकड़ा, जो उस समय की दिल्ली के काव्य-जगत् के एकच्छत्र शासक थे। 'दाग़' से इन्होंने ज़बान की सादगी और रवानी ली। उनकी मृत्यु के बाद पांच-सात ग़ज़लें हज़रत 'रसा' को और दो-तीन मुंशी अमीरुल्ला 'तस्लीम' को दिखलाईं। पर सच पूछें तो इनको किसीसे पूरा

1. आर्तनाद 2. मुसीबत का शोक-सदन 3. काली 4. संयम 5. भ्रम 6. कामना-नयन 7. भिलाषा 8. लालसा

सन्तोष नहीं हुआ। ये किसी वाद या परम्परा में बंधकर नहीं रह सकते थे। इसीलिए इन्होंने बाक़ायदा किसीको अपना उस्ताद नहीं बनाया, और बाद के जीवन में यद्यपि अनेक उच्च तरुण कवियों की ग़ज़लों पर इस्लाह देने का काम करते रहे, परन्तु किसीको शागिर्द नहीं बनाया। इश्क़ उनका उस्ताद और हुस्न उनकी पाठशाला थी। 'ढाई अच्छर प्रेम का पढ़े सो पण्डित होय'—कुछ ऐसा हाल था। इसी इश्क़ ने उन्हें जीवन की गहरी अनुभूतियों एवं उच्च प्रेरणाओं का दान दिया। इसीसे उनमें वह सब कुछ पैदा हुआ, जिसके लिए वे प्रसिद्ध थे।

विवाह—पन्द्रह-सोलह साल के थे, जब पिता मरे। इसके दस वर्ष बाद मां का साया भी सिर से उठ गया। घर की आर्थिक स्थति भी गिर गई। फलतः जीविका के लिए चश्मे का कारबार करने लगे और उस सिलसिले में जगह-जगह घूमते-फिरते थे। यौवनारम्भ में आगरा जाकर रहे। वहीं एक स्त्री के प्रति आकर्षण हुआ। उनका नाम वहीदन था। वैसे 'पंजाबी' के नाम से मशहूर थीं; पर रहनेवाली बिजनौर की थीं। न ये खुशहाल थे, न उस ज़माने में इनकी प्रसिद्धि ही हो पाई थी; और चेहरा तो अल्लाह ने ऐसा दिया था कि कोई औरत उसपर सिर्फ हंस सकती थी। पर दिल की दुनिया निराली है। वह यह सब कहां सोचता और मानता है। 'जिगर' उनकी ओर खिंचते गए; विरह-वेदना और तज्जनित कातरता गहरी होती गई। चन्दन में भी अनल प्रकट हुआ; उधर भी कशिश हो गई। दोनों की शादी हो गई। उन्हीं दिनों वह ग़ज़ल लिखी थी जिसका एक शे'र यूं है :

उफ़, व' रू-ए-ताबनाक[1] व चश्मे-तर[2] मेरे लिए,
हाय, वो ज़ुल्फ़े-परीशां ता-कमर[3] मेरे लिए।

रातें आंखों में कटती गईं; जवानी के अल्हड़ दिन बीतते गए। शे'रो-शायरी का शौक़ बढ़ता गया। मेरा ख्याल है कि इन्हीं दिनों (1921-22 ई०) इनका प्रथम काव्य-संकलन 'दाग़े-जिगर', आज़मगढ़

1. ज्योतिर्मय मुख 2. आर्द्र नयन 3. कमर तक बिखरे केश

के वकील और काव्य-रसिक मिर्ज़ा अहसान अहमदबेग ने, अपनी भूमिका के साथ प्रकाशित किया।[1]

बीवी वहीदन आगरा के अलावा मुरादाबाद में भी इनके साथ रहीं और वहीं उनकी मृत्यु भी हुई। उनसे कोई संतान नहीं हुई।

नया मोड़—अपने व्यापार के सिलसिले में ये घूमते तो रहते ही थे। एक बार इनका परिचय गोंडा के प्रसिद्ध शायर 'असग़र' से हुआ। परिचय क्या हुआ, मानो इनकी ज़िन्दगी का गोशः-गोशः उनके नूर से जगमग हो गया। ये सदा के लिए उनके हो गए। 'असग़र' के पवित्र जीवन, मूहब्बत की गहराई, सुफ़ियानः वज़ा, हमदर्दी और इन्सानियत ने इन्हें उनका मुरीद बना लिया। 'असग़र' गुरु न होते हुए भी उनके गुरु हो गए। वे रहनुमा भी थे और दोस्त भी। ताल्लुक़ात इतने गहरे होते गए कि ये वहीं बस गए। 'असग़र' के सत्संग से इनमें उड़ान के साथ गहराई आती गई, इन्द्रियलब्ध इश्क़ की आस्थाएं धुलती गईं और अन्तःस्थ होती गईं, यहां तक कि हुस्न पर मायल इश्क़ जीवनान्तर जीवनों तक रहनेवाले प्रेम की झांकियां पाने लगा। 'असग़र' के साथ उनका यह गहरा और श्रद्धापूर्ण सम्बन्ध ज़िन्दगी-भर बना रहा। जिगर ने अपने काव्य में बार-बार 'असग़र' के प्रति कृतज्ञता और श्रद्धा के भाव प्रकट किए हैं। वे अक्सर कहा करते थे कि मैं जो कुछ भी हूं, 'असग़र' की कृपा से बन सका हूं।

इनके काव्य में यह भावना देखिए :

बदन से जान भी हो जायगी रुख़सत 'जिगर' लेकिन,
न जाएगा ख़याले-हज़रते-'असग़र' मेरे दिल से।
क्या दिन थे 'जिगर' वो भी जब सोहबते-'असग़र' में,
मसरूर[2] तबीयत थी महरूर[3] मेरा दिल था।

---

1. 1925 में मैंने, हिन्दी में पहली बार, 'जिगर' का एक संकलन एवं उनपर आलोचना प्रकाशित कराई थी।

2. आनन्दमग्न 3. तप्त, गर्म

यूं तो होने को 'जिगर' और भी हैं अहले-कमाल[1]
ख़ास है हज़रते-'असग़र' से इरादत[2] मुझको।
मैं हूं तेरे क़दमों में मुझे कुछ नहीं कहना,
अब जो भी तेरा लुत्फ़े-करीमाना[3] बना दे।

'जिगर' में जन्मजात प्रतिभा थी, पर वे आंधियों में उड़े जा रहे थे; उनमें एक ज्योति थी, पर उसपर एक पर्दा छा गया था। 'असग़र' ने उस पर्दे को उठा दिया और 'जिगर' हुस्न के दर्पण में अपने को देख सके। 'असग़र' के सत्संग से वे एकदम बदल गए।

आगरावाली पत्नी की मृत्यु के बाद दिल विरह की आंच से और पिघल गया। दिन बड़ी बेचैनी से बीतते थे। ये शराब पीने लगे थे। इसी बेचैनी और अस्थिरता के ज़माने में, गोंडा में रहते वक्त, 'असग़र' साहब की छोटी साली नसीम से इनका परिचय हुआ। नसीम असग़र के आध्यात्मिक प्रभाव में पली थीं। एक धर्म-परम्परा का पालन करनेवाली थीं। ख़ैर, दोनों की शादी हो गई। इस शादी के बाद 'जिगर' में रूहानी कशमकश शुरू हुई। 'जिगर' रिन्द थे, नसीम को शराब से घृणा थी। धीरे-धीरे अर्थकष्ट बढ़ता गया; पर नसीम भारतीय नारी हैं, कभी अपने कष्टों की शिकायत न करती थीं। 'जिगर' ख़ुद बताते थे कि कई बार फ़ाक़े हुए हैं,पर नसीम ने कभी यह बात अपने माता-पिता या भाई-बहनों पर भी प्रकट नहीं होने दी। लिहाफ़ में रूई नहीं रह गई है और वे सर्दी खाती रही हैं, मगर सुबह उठकर लिहाफ़ को छिपा देती थीं कि किसीकी नज़र न पड़े। 'न हर्फ़े-शिकायत ज़बान पर लाईं न दस्ते-सवाल आगे बढ़ाया।'

वियोग और मिलन—पर वे यह ज़रूर चाहती थीं कि 'जिगर' मद्यपान छोड़ दें और स्वस्थ जीवन व्यतीत करें। इसलिए कभी-कभी खटपट भी हो जाती थी। 'जिगर' ग़ज़ब के मद्यप थे। बिना पानी, सोडा या और कुछ मिलाए खालिस पीते थे और पीने की कोई सीमा भी न थी।

---

1. कमालवाले लोग, अर्थात् उच्च कलाकार या कवि 2. श्रद्धा 3. उदार कृपा

बीवी से बार-बार वादे करते थे पर बक़ौल ग़ालिब काफ़िर मुंहलगी छूटती न थी। जब गोंडा में होते, 'असग़र' साहब के डर से न पीते थे, पर जब नहीं रहा जाता था तो भाग खड़े होते। इन्हीं दुर्बलताओं के कारण नसीम से सम्बन्ध टूट गया। शरण और तसल्ली देने के लिए 'असग़र' ने नसीम से शादी कर ली। जिगर और नसीम का सम्बन्ध टूट गया, पर 'जिगर' उनके लिए तड़पते रहे। इन्हीं बेक़रारी के दिनों में मैनपुरी की 'शीराज़' वेश्या के यहां भी रहे। उसने उन्हें बहुत खींचा, हर तरह से इनकी दिलजोई की, शादी के लिए पैग़ाम भेजा। इन्हें मनाकर ले गई। ये आने-जाने लगे और उसके हुस्न और मुहब्बत की छाया में कुछ दिन बिताए भी। उसके निवास-स्थान को ये 'तूर' कहते थे, क्योंकि इनके बेचैन दिल को वहां एक हलकी रोशनी मिलती थी। 'शो'लए-तूर' की बहुतेरी ग़ज़लें इसी काल की हैं। यह संकलन ('शो'लए-तूर') मुस्लिम यूनिवर्सिटी,अलीगढ़ से 1923 ई० में प्रकाशित हुआ था।

सब कुछ था, पर दिल से ये नसीम को भूल न पाते थे। उसके प्रति एक रूहानी कशिश थी। मन उधर ही लगा रहता। उसके लिए एक अजीब बेचैनी महसूस करते थे। 'असग़र' ने भी नसीम को वसीअत कर रखी थी कि 'जिगर' शराब तर्क कर दे तो उससे शादी कर लेना। कशमकश चलती रही और बेचैनी इस सीमा पर पहुंच गई कि इन्होंने नसीम के लिए शराब छोड़ दी। शादी हुई; दो बिछुड़े फिर मिले। इसका बड़ा भावपूर्ण वर्णन उन्होंने अपनी 'तजदीदे-मुलाकात' शीर्षक कविता में किया है। आख़िर 'जिगर' ने शराब छोड़ी तो ऐसी छोड़ी कि बीमार हो गए। दिल पर वर्म हो गया। मरने-मरने को हो गए, पर डाक्टरों के कहने पर भी फिर पीना मंज़ूर न किया। फिर सिगरेट पीने लगे, किन्तु एक दिन उसे भी छोड़ दिया। उन्हें दूसरी शराब, पत्नी के रूप में मिल चुकी थी। नसीम ने उनके उत्तरजीवन को बहुत प्रभावित किया। बदले सो बदलते ही गए। 1953 ई० में उनको साथ लेकर हज भी कर आए। कहां पहले का वह रिन्द बलानोश 'जिगर' और कहां हाजी 'जिगर'। ऊपर से बहुत बदल गए, अन्दर से भी, पर

शराब न पीने पर भी रिन्दी न गई; एक तश्नगी, एक नशा, एक सरमस्ती का आलम जीवन-भर रहा।

पर यह सत्य है कि जब से शराब छूटी, इनका शरीर टूट गया; कभी स्वस्थ नहीं रहे। 1950 से तो तबीयत प्राय: खराब ही रहने लगी। 1958 से दिल का दौरा भी होने लगा। 1959 में इलाज के लिए लखनऊ लाए गए। उन्हीं दिनों भारतीय आकाशवाणी लखनऊ के एक मुशायरे के लिए उनकी एक ख़ास ग़ज़ल रिकार्ड कराई गई। 3 नवम्बर, 1959 को जो ग़ज़ल उन्होंने रिकार्ड कराई, वह जब मुशायरे में सुनाई गई तो लोगों की आंखें भर आईं। ऐसा जान पड़ता है कि वे लोगों से विदा ले रहे हों और मौत के प्रतिक्षण नज़दीक आते हुए चरणों की ध्वनि स्पष्ट सुन रहे हों:

जानकर मिनजुम्लए-ख़ासाने-मैख़ाना मुझे,
मुद्दतों रोया करेंगे जामो-पैमाना मुझे।[1]

फिर मानो वह दिन नज़दीक आ गया हो, कहते हैं :

क़रीब मंज़िले-आखिर है अलफ़िराक़ 'जिगर'
सफ़र तमाम हुआ, नींद आई जाती है।[2]

अन्त—तब से वे बराबर शय्याग्रस्त रहे। मत्यु का आभास उन्हें पहले से मिल गया था। मृत्यु के चन्द दिन पहले उन्होंने अपने मित्र हकीम अब्दुलबारी अंसारी को बुलाकर अनुरोध किया कि मेरे मरने पर आप अपने हाथों मेरे शव को स्नान कराइएगा। 8 सितम्बर, 1960 को, मृत्यु के एक दिन पूर्व, उनके एक मित्र श्री इश्तिबाअली अलवी उनको देखने आए। तबीयत का हाल पूछने पर, 'जिगर' ने उनसे हाथ मिलाया और विदाई के स्वर में कहा :

"अलविदा असलाम है प्यारे!"

---

1. मुझे मैख़ान: के विशेष आगन्तुकों में समझकर युगों तक मधुपात्र मेरे लिए रोते रहेंगे (मित्र मुझे याद कर रोते रहेंगे)। 2. आख़िरी मंज़िल आ पहुंची है; जुदा होना है, ज़िन्दगी का सफ़र ख़त्म हो गया; अब नींद आ रही है।

दूसरे दिन 9 सितम्बर की सुबह पांच बजे के लगभग उन्होंने अपने छोटे भाई को जगाया और उससे चाय बनाने को कहा। चाय पीते हुए पूछा, "कितने बजे होंगे?" जब कहा गया कि साढ़े पांच, तो बोले, "अब देर हो रही है। ख़ैर, नौ-दस बजे से ज़्यादा मैं नहीं रहूंगा।" थोड़ी ही देर बाद वे अनन्त निद्रा में मग्न हो गए, मानो जिस प्रिय के लिए सदा बेचैन रहे, उसकी गोद में विश्राम मिल गया। अपनी एक ग़ज़ल में पहले ही कह रखा था :

दिल को सुकून, रूह को आराम आ गया,
मौत आ गई कि दोस्त का पैग़ाम आ गया।[1]

'जिगर' का काव्य

ग़ज़ल के प्रतिष्ठापक—'जिगर' एक रूमानी शायर और ग़ज़ल के महाकवि थे। वैसे उन्होंने नज्में भी लिखी हैं, वासोख़्त भी और एक मस्नवी भी। फ़ारसी में भी लिखा है और उर्दू में भी। पर उनका असली कारनामा उर्दू ग़ज़ल है। ग़ज़ल के क्षीण होते हुए प्रभाव को पुनःस्थापित करने और उसे लोकप्रिय बनाने में 'जिगर' का बड़ा भाग है। मुशायरे के तो वे बादशाह ही थे। वह प्रवाह, वह तरन्नुम, वह तूफ़ानी जज़्बा दूसरे शायरों को नसीब नहीं हुआ। उनके नाम से मुशायरों में भीड़ उमड़ती थी और बेजान बज़्म में जान आ जाती थी।

इन ग़ज़लों का परिवेश, इनकी गठन, इनका वातावरण हुस्न और इश्क़ के नग़मों से यूं भरा हुआ है कि कल्पना यहां दृष्टि बन गई है और स्वप्न ने सत्य का रूप धारण किया है। 'जिगर' की कविता में एक स्वप्न-सृष्टि तो है, पर वह हक़ीक़त की सतह पर उतर आई है। वह कल्पना नहीं, उनके जीवन का सत्य है, उनकी अपनी अनुभूति है। 'जिगर' की मयनोशी और रिन्दी की ओर लोगों ने उंगलियां उठाई हैं; पर वही एक कवि हैं, जिनकी कविता और जीवन में

1. दिल को शान्ति और आत्मा को विश्राम मिल गया है। मौत क्या आई, मानो प्रिय का सन्देश आ पहुंचा।

कोई अन्तर नहीं, दोनों में सामंजस्य है। वे ऊपर से कुछ, अन्दर से कुछ नहीं हैं। वे जो हैं, बस हैं ; बाहर वही हैं, भीतर वही हैं ; सबके सामने वही हैं, पर्दे के पीछे वही हैं। खुद कहते हैं :

तकल्लुफ़[1] से, तसन्नो[2] से, बरी[3] है शायरी अपनी,
हक़ीक़त[4] शे'र में जो है वही है ज़िन्दगी अपनी।

'जिगर' की कविता में उनकी अपनी ज़िन्दगी बोलती है। उन्होंने जो देखा है, जो अनुभव किया है, वही लिखा है। उन्होंने इश्क़ किया है और उसके लिए फूट-फूटकर रोए हैं। हुस्न ने उन्हें एक सनातन नशा और प्यास दी, तथा इश्क़ ने हृदय की वह द्रवणशीलता दी जिसपर हज़ार-हज़ार फ़रिश्ते फ़िदा हो सकते हैं। उनकी ग़ज़लें स्याही से नहीं, जिगर के ख़ून और आंसुओं से लिखी गईं; यहां हुरूफ़ (अक्षर) नहीं बोलते, दिल की तमन्नाएं खुद जुबान बनकर बोलती हैं। हुस्न की एक-एक अदा 'जिगर' की आंखों में बसी हुई है, और वे उसका ऐसा वर्णन करते हैं कि दिल में लहर उठने लगती है। यह ठीक है कि 'जिगर' का हुस्न इसी दुनिया का हुस्न है, पर इस पार्थिव सौन्दर्य में सनातन ज्योति की एक ऐसी आभा है कि आंखें झपक जाती हैं। यह ठीक है कि उनका इश्क़ अधिकतर मजाज़ी है, पर वह सामान्य इन्द्रियलब्ध प्रेम की तरह, फुलझड़ियों की तरह, एक क्षण जलकर बुझ जानेवाला नहीं है। उसमें एक सन्देश है, एक शाश्वत वेदना है। इसीलिए 'जिगर' वस्ल (मिलन) से ज़्यादा फ़िराक़ (विरह) के कवि हैं। विरह में उनका दिल, आंसुओं से तर आत्मनिवेदन की भाषा में बोलता है। उनमें विरह भी मिलन-स्वाद से आवेष्टित है। दूर रहते हैं तो मिलन ज़्यादा सुन्दर, ज़्यादा गहरा होता है। सच्चे इन्सान के साथ सदा ही ऐसा हुआ है।

इनका माशूक़ वह नहीं है—'जिगर' में एक विशेषता और है। उनका हुस्न और उनका इश्क़ ऐसे घुल-मिल गए हैं कि भेद करना मुश्किल

1. बनावट 2. कृत्रिमता 3. मुक्त 4. यथार्थता, सत्य

है। इसीलिए उनका महबूब (प्रियतम) उर्दू कविता का पारस्परिक महबूब नहीं, जो नीरस, बेवफ़ा, ज़ालिम, इश्क़ की चाशनी से दूर, सिर्फ ज़िबह करनेवाला है। 'जिगर' का महबूब उस हुस्न का प्रतीक नहीं, जो इश्क़ पर एक तलवार की तरह गिरता है। 'जिगर' का महबूब इंसान है। वह भी बेचैन होता है; वह भी रोता है; उसके अन्दर भी द्रवणशीलता है। उसमें भी चाहने और चाहे जाने की तमन्ना है। वह अत्याचार करता है तो कृपा-कटाक्ष भी करता है ; वह बिजलियां गिराता है तो फूल भी बरसाता है। उर्दू ग़ज़ल को 'जिगर' की यह एक बड़ी देन है। यहां हुस्न भी इश्क़ बन जाता है। 'जिगर' हुस्न को तब पूर्ण मानते हैं जब उसमें इश्क़ की बेताबियां पैदा हो जाएं।

इसीलिए उनके काव्य में हुस्न एक गिरावट नहीं, ज्योति बन गया है। हुस्न और इश्क़ के चित्र सभी श्रेष्ठ उर्दू कवियों ने दिए हैं; पर आधुनिक उर्दू ग़ज़लगो कवियों में 'जिगर' की सी प्राणवत्ता किसीके हुस्न व इश्क़ में नहीं है। उसमें 'मीर' का आत्मनिवेदन, 'दाग़' की सफ़ाई, 'मोमिन' की घुलावट, 'ग़ालिब' की मानव-पूजा, फ़ानी की अनुभूति, अनेक गुण एकत्र हो गए हैं। 'जिगर' के व्यक्तित्व में ही एक नशा है। यह नशा, यह बेकली शराब की नहीं है; यह उससे ज़्यादा कुछ और भी है। उन्हीं के शब्दों में :

नहीं मुनहसिर[1] कुछ मयो-मयकदा[2] तक,
मेरी तश्ना-सामानियां[3] और भी हैं।

युगवेदना—'जिगर' की चौथी विशेषता यह है कि वे केवल आत्मवेदना के ही शायर नहीं हैं, युगवेदना के भी कवि हैं। ख़ुद कहते हैं :

मैं वो साफ़-साफ़ कह दूं जो है फ़र्क़ मुझमें-तुझमें;
तेरा दर्द, दर्दे-तनहा[4] मेरा ग़म, ग़मे-ज़माना[5]।

---

1. निर्भर 2. मधु और मधुशाला 3. पिपासाएं
4. एकान्त-वेदना, आत्म-वेदना 5. युग-वेदना।

शायद ही किसी ऊंचे रूमानी शायर ने युग की वेदना को यों महसूस किया होगा, जैसा 'जिगर' ने किया है। बंगाल का अकाल एवं भारत-विभाजन के बाद हुई घटनाओं ने उन्हें हिला-हिलाकर रख दिया है और दिल से एक रोदन, एक चीख़ उठ-उठ पड़ी है :

बंगाल की मैं शामो-सहर[1] देख रहा हूं,
हरचन्द कि हूं दूर मगर देख रहा हूं।
इफ़लास[2] की मारी हुई मख़्लूक[3] सरे-राह,[4]
बेगोरो-कफ़न, ख़ाक-ब-सर[5] देख रहा हूं।
बच्चों का तड़पना, व' बिलखना, व' सिसकना,
मां-बाप की मायूस[6] नज़र देख रहा हूं।
इंसान के होते हुए इंसान का ये हश्र[7],
देखा नहीं जाता है, मगर देख रहा हूं।

है ज़ख़्मे-कायनात[8] जो हिन्दू है इन दिनों,
है दाग़े-ज़िन्दगी[9] जो मुसलमां है आजकल।
शाइस्तगी[10] के भेस में रूहे-दरिन्दगी[11],
इंसान के लिबास में शैतां है आजकल।

ऐसे समय बैठकर ग़ज़लें गानेवाला शायर नहीं, क्योंकि वह इंसान नहीं हो सकता:

फ़िक्रे-जमील[12], ख़्वाबे-परीशां[13] है आजकल,
शायर नहीं है वो जो ग़ज़लख़्वां है आजकल[14]।

---

1. सन्ध्या और प्रभात 2. ग़रीबी 3. जनता 4. रास्ते में 5. बिना कब्र व कफ़न के धूल में लोटते 6. निराशा 7. परिणाम 8. सृष्टि का घाव 6. जीवन का कल्मष 10. सभ्यता, शिष्टाचार 11. पशुता की आत्मा 12. सुन्दर विचार 13. बिखरे स्वप्न 14. जो आजकल ग़ज़ल गाता फिरता है, वह शायर नहीं है।

और उनकी वेदना सन्नद्ध होकर कहती है :

ये सुनता हूं कि प्यासी है बहुत ख़ाके-वतन[1] साक़ी,
ख़ुदा हाफ़िज़ चला मैं बांधकर सर से कफ़न साक़ी।
सलामत तू, तेरा मयखाना[2], तेरी अंजुमन[3] साक़ी,
मुझे करनी है अब कुछ ख़िदमते-दारो-रसन[4] साक़ी।

उत्तरकाव्य पर आक्षेप—उनके प्रारम्भिक काव्य में बरसात की तूफ़ानी नदी की सी सरसराहट है, पर उनके उतरकाव्य में शरद्प्रसन्न नदी की निर्मलता है। अक्सर इसे लेकर उन लोगों ने, जो केवल भावावेश की आंधियों को पसन्द करते हैं, यह कहा है कि उनके उत्तरकाव्य में वह गर्मी, वह सरमस्ती नहीं है जो उनकी ग़ज़लों की जान थी। शायद उनका मद्य-त्याग इसका कारण है। इसका जवाब उन्होंने खुद बार-बार दिया है :

1. पहिले शराब ज़ीस्त थी अब ज़ीस्त है शराब।
2. गुदाज़े-इश्क़ नहीं कम जो मैं जवां न रहा,
   वही है आग मगर आग में धुआं न रहा।
3. 'जिगर' आह अंजामो - आग़ाजे - उल्फ़त,
   सुकूत आख़िर-आख़िर फ़ुग़ां अव्वल - अव्वल।

अर्थात् (1) पहले मदिरा हमारी ज़िन्दगी थी, अब ज़िन्दगी स्वयं मदिरा बन गई है; (2) मैं जो अब तरुणाई को पार कर गया हूं तो इसका यह मतलब नहीं कि मुझमें प्रेम की द्रवणशीलता कुछ कम हो गई है। आग आज भी वही है, पर अब वह निर्धूम हो गई है, और यह स्वाभाविक है; (3) क्योंकि प्रेमारम्भ और प्रेमपरिपाक में अन्तर है। आरम्भ में जो बेचैनी थी, जो रोदन था, वह अब शान्ति में बदल गया है।

ज़िन्दगी इबादत है— 'जिगर' ने यह बात भी कही है कि ज़िन्दगी ख़ुद इबादत है। अगर उसे वैसा समझकर बिताया जाए तो बन्दगी के और

---

1. स्वदेश की भूमि 2. मधुशाला 3. सभा 4. मुझे अब सूली और फांसी की सेवा करनी है।

सब दिखावे निरर्थक हो जाते हैं। सचमुच शराबी 'जिगर' में ऐसी सच्चाई और उदारता थी कि उनका सारा जीवन ही प्रेम की तड़प और इबादत (वन्दना) में बदल गया था। अपनी सारी ज़िन्दगी 'जिगर' ने मुहब्बत की, हुस्न और उसकी रंगीनियों को देखा और हुस्नो-इश्क़ की आँखों से दुनिया को देखा। 'मीर' की भांति मुहब्बत ही उनका आदि, मध्य और अन्त है। इस जज़्बे में ऐसी सच्चाई और ऐसी कशिश है कि वे मुहब्बत के पयम्बर बनते-बनते रह गए हैं। जब चारों ओर ईर्ष्या-द्वेष, दम्भ, जोड़-तोड़ और नफ़रत की घटाएं छा रही हों, तब अपनी इस निष्ठा को लेकर जीवन के अन्त तक चलते रहना इंसान की कुछ छोटी देन नहीं है। राजनीति के मिथ्या दंभ की चुटकी लेते हुए उन्होंने कहा है :

उनका जो फ़र्ज़[1] है अरबाबे-सियासत[2] जानें,
मेरा पैग़ाम[3] मुहब्बत है जहां तक पहुंचे।

प्रगति के मसीहाओं ने, अर्थ-संघर्ष के इस ज़माने में, प्रेम का राग अलापने और पुरानी परम्पराओं की लकीर पीटने पर उनका मज़ाक उड़ाया। पर यह कोई दिखावटी चीज़ नहीं थी कि उड़ जाती। उन्होंने इनपर फब्तियां कसीं, जो 'जिगर' की सच्चाई से टकराकर स्वयं आकाश में बिखर गईं और उनके इस धीमे, पर नश्तर से चुभनेवाले उत्तर में जो गहरी निष्ठा थी, उसने उन चुनौतियों को बेकार कर दिया :

ज़िन्दगी आज भी दिलकश[4] है इन्हीं के दम से,
हुस्न एक ख़्वाब सही, इश्क़ एक अफ़साना सही।

काव्य-शिल्प:

मैं कह चुका हूं कि ग़ज़ल के मिटते हुए प्रभाव को 'जिगर' ने फिर से स्थापित किया और मुशायरों में गूंजती उनकी वाणी ने उसे पुनः लाखों दिलों में उतार दिया। उनके काव्य की भावभूमि का वर्णन ऊपर किया जा चुका है। पर काव्य-शिल्प की दृष्टि से भी यहां उनकी कुछ विषमताओं का ज़िक्र कर देना ज़रूरी समझता हूं जिनके कारण वे इतने लोकप्रिय ग़ज़लगो

1. कर्तव्य, धर्म 2. राजनीतिवाले 3. सन्देश 4. चित्ताकर्षक

हो सके। उनके काव्य की मुख्य विशेषताएं ये हैं :

1. जोशे-बयान (काव्योमंग एवं प्रवाह)
2. नुसअ़ते-तख़य्युल (कल्पना-विस्तार)
3. जज़्बात-निगारी (भाव-चित्रण)
4. मुहाकात (घटना-चित्रण)
5. दर्द (वेदना)
6. तसव्वुफ़ में जज़्बे की शिर्कत (तसव्वुफ़ में अनुभूति का मिश्रण)
7. ज़ुबान की रवानी व सलासत (भाषा का प्रवाह एवं सरलता)

1. जोशे-बयान

'जिगर' स्वयं उमंग और प्रवाह से भरे हुए थे। उनमें एक मस्ती, एक सुरूर था। इसीलिए उनकी कविता में भी एक मस्ती है, एक प्रवाह है, एक उमंग है। दो-एक उदाहरण लें:

क्या आ गया ख़याल दिले-बेक़रार में,
ख़ुद पाशियां को आग लगा दी बहार में।

अल्लाह-अल्लाह री, वारफ़्तगिए-इश्क़[1] मेरी,
उस जगह हूं कि जहां हुस्न भी दीवाना है।

मेरी हस्ती का हर ज़र्रा उड़ा जाता है मंज़िल से,
मेरा मुंह देखते हैं जज़्बे-मंज़िल देखने वाले।

2. वुसअ़ते-तख़य्युल

विचारों की विस्मृति एवं कल्पना की ऊंची उड़ान उनके काव्य की दूसरी विशेषता है। प्रायः वे एक-दो क़ाफ़िये (तुक) चुन लेते हैं और समस्यापूर्ति की तरह उनपर अनेक भावनाएं एवं कल्पनाएं आरोपित करते जाते हैं। ग़ज़ल के विषय सीमित हैं, यानी वही हुस्न व इश्क़ की बातें, उनके श्रृंगार एवं प्रसाधन का चित्रण।

---

1. प्रेमोन्माद

इसलिए तग़ज़्ज़ल की ज़मीन में मुश्किल से कोई अछूता मज़्मून निकल सकता है; लेकिन यह 'जिगर' के ख़यालात की वुसअत और बुलन्दी है कि इस पामाल ज़मीन में भी नये-नये बेल-बूटे खिलाता है। 'बहार' उर्दू कवियों का बड़ा परिचित विषय है; पर 'बहार आई' क़ाफ़िये को लेकर 'जिगर' ने न जाने कितनी तरह अदा किया है :

चमन में रास[1] कब मुझको हवाए-रोज़गार[2] आई,
कफ़स[3] ही मेरी क़िस्मत में लिखा था, जब बहार आई।
कुछ ऐसी जोश पर अबके ये चश्मे-अश्क-बार[4] आई,
क़फ़स में टूटकर सारे गुलिस्तां की बहार आई।
अब आख़िर आशियां[5] के ज़िक्र से सय्याद क्या हासिल[6]',
ये कह देना ही क्या कम था कि गुलशन[7] में बहार आई।

इसी तरह की दस-बारह पूर्तियां अलग-अलग भावों को लेकर 'बहार आई' पर हैं। कुछ और शे'र देखिए :

मैं किसके सामने अब अपनी जबीं[8] झुकाऊं,
मेरी जबीं नहीं है तेरा ही आस्तां[9] है।
लताफ़त[10] मानए-नज़्ज़ारए-सूरत[11] सही लेकिन
धड़कना दिल का कहता है वो गुज़रे हैं इधर होकर।

3. जज्बात-निगारी

शायरी की जान जज़्बात-निगारी ही है। भावनाओं का सफल चित्रण तो 'जिगर' करते ही हैं, पर इस चित्रण को भी उच्च भूमिका पर उठाते चलते हैं। उदाहरण लीजिए। एक प्रेमी की स्वाभाविक अभिलाषा होती है कि उसका प्रियतम अन्तिम समय उसके निकट रहे और वह उसकी गोद में सिर रखे हुए मरे, पर 'जिगर' का प्रेमी सोचता है कि अन्तिम समय में भी उन्हें कष्ट न होने दें:

बुरा होता है चश्मे-बेकसी का आखिरी मंज़र[12],
अलग हो बैठना जिस वक़्त जाने-मुब्तला[13] निकले।

---

1. अनुकूल 2. ज़माने की हवा 3. पिंजड़ा, बन्दीगृह 4. अश्रुविमोचनकारी नयन 5. नीड़ 6. क्या लाभ? 7. पुष्पोद्यान 8. माथा 9. चौखट 10. सौन्दर्य 11. रूप-दर्शन में बाधक 12. दृश्य 13. फंसे हुए प्राण

इसी प्रकार का भाव है:

ठेस लग जाए न उनकी हसरते-दीदार[1] को,
ऐ हुजूमे-ग़म[2]! संभलने दे ज़रा बीमार को।

4. मुहाकात

पैहम हुजूमे-यास से आता नहीं यक़ीन,
तुम मेरे सामने हो या धोका नज़र का है।

[निरन्तर के निराशा-पुंज से मुझे विश्वास नहीं होता कि तुम सचमुच मेरे सामने हो या यह नज़र का धोखा है।]

मुझे जो अर्ज़े-तमन्ना पे कुछ हिजाब आया,
मेरे सवाल की शर्मिन्दगी सवाल हुई।

[मुझे अपनी अभिलाषा कहते समय जो लज्जा आ गई, तो मेरे सवाल की वह लज्जा ही ख़ुद सवाल बन गई। मैं तो मारे शर्म के उसे कह न सका, पर मेरी लज्जा ने उनके सामने मेरी आकांक्षा उपस्थित कर दी।]

5. दर्द

यह तो 'जिगर' का ख़ास रंग है। उनकी अधिकांश रचनाएं दर्द में डूबी हुई हैं। कुछ उदाहरण दिए जाते हैं :

तक़दीर ने उसे भी नज़र से छुपा दिया,
रोते लिपट के गर्दे-पसे-कारवां से हम[3]।
जिससे कुछ रहम की उम्मीद बंधी रहती थी,
हाय, वो क़तए-खूं भी सरे-मिज़गां[4] न रहा।
बेकैफ़[5] दिल है और जिए जा रहा हूं मैं,
खाली है शीशा और पिए जा रहा हूं मैं।
यूं ज़िन्दगी गुज़ार रहा हूं तेरे बगैर,
जैसे कोई गुनाह[6] किए जा रहा हूं मैं।

---

1. दर्शन-लालसा 2. शोक-पुंज 3. नहीं तो हम कारवां के पीछे छूटी धूलि से ही लिपटकर रोते 4. पलकों की कोर 5. बेमज़ा, निरानन्द 6. पाप

एक कैफ़े-नातमामे-दर्द की लज़्ज़त[1] ही क्या,
दर्द की लज़्ज़त सरापा दर्द बन जाने में है[2]।

6. तसव्वुफ़ में जज़्बे की शिर्कत

तसव्वुफ़ की छाया से कोई महाकवि नहीं बचा। जब प्रेम में आध्यात्मिक स्पर्श होता है, तब वह अन्तःस्थ होता जाता है; तसव्वुफ़ की रंगीनियां जीवन और काव्य में उभरती हैं। 'जिगर' में भी तसव्वुफ़ का रंग है, पर यह तसव्वुफ़ और कवियों के तसव्वुफ़ से भिन्न है। इसमें अन्तर्दृष्टि के साथ अनुभूति एवं भावप्रवणता का मिश्रण है। तसव्वुफ़ का अशरीरी सौन्दर्य यहां शरीरी बन गया है और उसमें रक्तसंचरण की ध्वनि है:

है मआ़ले-कारे-फ़ना[3] यही कि उन्हीं का रंग अ़यां[4] रहे,
न नज़र हमारी नज़र रहे, न ज़ुबां हमारी ज़ुबां रहे।

कहां का मयख़ाना किसका साक़ी, कुछ और बढ़ने दो बेख़ुदी[5] को,
यही बनाएगी जामो-साग़र, यही करेगी शराब पैदा।

जो निहां[6] है मेरी नज़र से भी मैं उसी के रुख़[7] को निक़ाब हूं।

7. ज़ुबान की रवानी व सलासत

'जिगर' की ज़ुबान बड़ी साफ़ है; उसमें पेचीदगी नहीं, घुमाव-फिराव नहीं। वे सरल, सादा शब्दों को लाते हैं। इस सादगी पर भी काव्य-सौन्दर्य में फ़र्क नहीं—'इस सादगी पे कौन न मर जाए, ऐ ख़ुदा!'

छुपते हैं और छुपा नहीं जाता,
इस अदाए-हिजाब[8] ने मारा।

---

1. स्वाद 2. दर्द का स्वाद ख़ुद आपादमस्तक दर्द बन जाने में है। 3. विनाशकार्य का परिणाम 4. प्रकट, व्यक्त 5. उन्माद या आत्मविसर्जन 6. छिपा हुआ 7. चेहरा 8. लजाने की अदा

मौत क्या एक लफ़्ज़ बेमानी,
जिसको मारा हयात[1] ने मारा।
अक़्ल बारीक हुई जाती है,
रूह[2] तारीक[3] हुई जाती है।

वो यूं दिल से गुज़रते हैं कि आहट नहीं होती,
वो यूं आवाज़ देते हैं कि पहचानी नहीं जाती।

कभी-कभी एकाध शब्द ऐसा रख देते हैं कि शे'र में जान आ जाती है। रेखांकित शब्दों पर ध्यान दीजिए :

महशर[4] में बात भी न ज़ुबां से निकल सकी,
क्या झुक के उस निगाह ने समझा दिया मुझे।
लाओ, उसे भी रख दें उठाकर शबे-विसाल[5],
हाइल[6] जो यक ख़फ़ीफ़-सा[7] पर्दा नज़र का है।

फिर उनकी ज़ुबान में चाशनी का लुत्फ़ है, कहने का ढंग निराला है। देखिए :

चश्म पुरनम[8], ज़ुल्फ़ आशुफ़्ता[9], निगाहें बेक़रार[10],
इस पशेमानी[11] के सदक़े मैं पशेमा[12] हो गया।
ज़ाहिद[13] ये मेरी शोख़िए-रिन्दाना[14] देखना,
रहमत[15] को बातों-बातों में बहला के पी गया।
शीशा[16] मस्त, बादा[17] मस्त, हुस्न मस्तो-इश्क़ मस्त,
आज पीने का मज़ा पीकर बहक जाने में है।

इन गुणों के अलावा भी उनके काव्य में एक अजीब बुलन्दी और गहराई है। ठीक कि उन्होंने ज्यादातर ज़िन्दगी रिंदी व शराबनोशी में गुज़ारी; यह भी ठीक कि हुस्न की सौ-सौ अदाएं उनके काव्य में मचलती हैं और वे उनपर

1. ज़िन्दगी 2. आत्मा 3. अंधेरी, तमसाच्छन्न 4. प्रलयकाल, प्रलय-क्षेत्र 5. मिलन-रात्रि 6. बाधक 7. झीना-सा 8. नयन आर्द्र 9. बाल बिखरे 10. बेचैन दृष्टि 11. लज्जा, पश्चात्ताप 12. शर्मिन्दा 13. विरक्त 14. मतवालेपन की ढ़िठाई 15. ईश्वरीय कृपा 16. सुराही 17. मद्य

हज़ार जान से मोहित होते हैं। इससे भी इन्कार नहीं कि उनका इश्क़ मजाज़ी (इहलौकिक) है, पर वह मजाज़ी होकर भी मजाज़ियत से ऊपर है; इसी जीवन में, इसी देह में उसने एक सनातन ज्योति पाई है। हुस्न व इश्क़ यूं मिल गए हैं कि अलग करना मुश्किल है। प्रियतम इतने नज़दीक हैं कि नज़र भी बाधक है, अपना अस्तित्व भी पूर्ण मिलन में खाई-सा लगता है :

तमाम उठ गए पर्दे तो इससे क्या हासिल,
मज़ा तो जब था कि मैं भी न दरमियां होता।

मेरा तेरा रिश्ता तो बेवास्तए-दिल था।

विरह में ही उनके मिलन की पराकाष्ठा होती है :

वो हिज्र के पर्दे में जिस वक्त कि वासिल[1] था,
इस दर्जा लताफ़त[2] थी एहसास[3] भी मुश्किल था।

इसी दृष्टि के कारण मजाज़ में ही उनका दिल सत्य का केन्द्र बन जाता है:

होके फ़नाए-ज़ाते-हक़[4] दिल मेरा सोज़ो-साज़ में,
मर्कज़े-अस्ल[5] बन गया दायरए-मजाज़[6] में।

रहस्य के पर्दे में ही वह सुन्दर आकर्षण लगता है। जब तक ऊपर एक झीना पर्दा न हो, आंखें उसे देख ही नहीं पातीं। क्या ख़ूब कहा है :

शमअ़ जब फ़ानस में थी, आंख थी महवे-जमाल[7],
जब हुई उरियां[8], निगाहों को परीशां कर दिया।

मतलब ईश्वरीय ज्योति, ईश्वरीय सौन्दर्य भी इस जगत् के आवरण में ही आंख भरकर देखा जा सकता है।

'जिगर' की सफलता यह है कि अपनी निष्ठा और सचाई के कारण वे इस शराब से उस शराब की मस्ती पा सके थे जिसका नशा कभी नहीं

---

1. मिलनकारी, मिला हुआ 2. मृदुलता, मंजुता 3. संवेदन, अनुभव 4. ईश्वर-रूप में विलीन होकर 5. सत्केन्द्र 6. इहलौकिकता की परिधि 7. सौन्दर्याभा में मग्न 8. नंगी, अनावृत

मिटता; वे इस जागतिक, मानवी सौन्दर्य में ही उस सौन्दर्य की झलक पा सके थे जिसको देखने और पाने के लिए संतों और सूफ़ियों की रूह बेक़रार रहती है। 'जिगर' की सफलता यह भी है कि अपनी रिंदाना ज़िन्दगी और काव्य से वे अपने निजी जीवन में कभी गिरे नहीं और कभी उन्होंने इंसानियत के उस दामन को नहीं छोड़ा जिसके लिए फ़रिश्ते भी लालायित रह जाते हैं। इसीलिए जब बड़े-बड़े लोग सैलाब में बह गए, जब क्रांति की बड़ी-बड़ी बातें करनेवाले और विद्रोह के मसीहा 'जोश' मलीहाबादी जैसे लोग नफ़रत की बाढ़ में हिन्दुस्तान से पाकिस्तान पहुंच गए, तब अनेकानेक प्रलोभनों के बावजूद 'जिगर' की गहरी निष्ठा से भरी वाणी ने चीख़कर कहा :

यही ज़मीं तेरा मसकन[1], यही तेरा मदफ़न[2],
इसी ज़मीन से तू मेह्रो-माह[3] पैदा कर।

और यही चीज़ है जिसने 'जिगर' को न केवल एक महान कवि बना दिया, बल्कि एक ऐसा इंसान भी जो ज़िन्दगी-भर मानवता के उच्च स्तर पर रहा। उनकी उदारता, मानवीय सहानुभूति एवं हृदय की विशालता अफ़वाह की तरह प्रसिद्ध थी। आदमी को प्यार करने की उनकी शक्ति अपरिमित थी। इसीलिए आधुनिक वैज्ञानिक सफलताओ की यह सभ्यता उनको तस्कीन न दे पाती थी :

आदमी के पास सब कुछ है मगर,
एक तनहा आदमीयत ही नहीं।
तस्वीरे - मेह्रो - माह[4] मुबारक तुझे 'जिगर',
दिल में अगर नहीं तो कहीं रोशनी नहीं।
नहीं जानते कुछ कि जाना कहां है,
चले जा रहे हैं मगर जाने वाले।

1. तकिया, निवास 2. कब्र, समाधि-स्थान 3. सूर्य-चन्द्र 4. सूर्य-चन्द्र पर विजय

अक़्ल बारीक हुई जाती है,
रूह तारीक[1] हुई जाती है।

कहां से बढ़के पहुंचे हैं कहां तक इल्मो-फ़न साक़ी,
मगर आसूदा[2] इंसां का न तन साक़ी न मन साक़ी।

आधुनिक जीवन पर भी कैसी मार्मिक व्यंग-भरी टिप्पणियां हैं।

उनमें गहरी सूझ-बूझ, हमदर्दी, इन्सान के दिल तक पहुंचने और उस तक अपनी द्रवणशीलता की छूत पहुंचा देने की बड़ी ताक़त थी। वे मानव और कवि दोनों दृष्टियों से बहुत ऊंचे थे। यही वजह है कि 1958 में जब साहित्य अकादमी ने उनके काव्य-संग्रह 'आतिशे-गुल' के लिए उन्हें पांच हज़ार रुपये के सर्वोच्च पुरस्कार से सम्मानित किया, तो वास्तव में उनके मानव और कवि दोनों रूपों का अभिनन्दन करके मानो अपना कर्तव्य-पालन ही किया।

आज जब वे चले गए हैं और उनकी दर्द और तरन्नुम से भरी वह आवाज़, जो मुशायरों की जान थी, मौन हो गई है, तब उनके काव्य में संचित उनकी वाणी को ग्रहण कर हम उस आदमी को कुछ-कुछ जान सकते हैं जो आज की कृत्रिमता से भरी दुनिया में भी एक दुर्लभ मस्ती लेकर आया था, जिसने सारी ज़िन्दगी मुहब्बत का संदेश दिया और जिसकी कविता पढ़कर "ज़िन्दगी का नशा कुछ बढ़ जाता है और यह कायनात कुछ और हसीन हो जाती है।"[3]

आपके तीन दीवान 'दाग़े-जिगर', 'शोला-ए-तूर' और 'आतिशेगुल' आपके जीवनकाल ही में छपकर लोकप्रिय हो चुके हैं।

—श्रीरामनाथ 'सुमन'

---

1. अंधकारपूर्ण 2. समृद्ध 3. आले अहमद 'सुरूर'

चयन

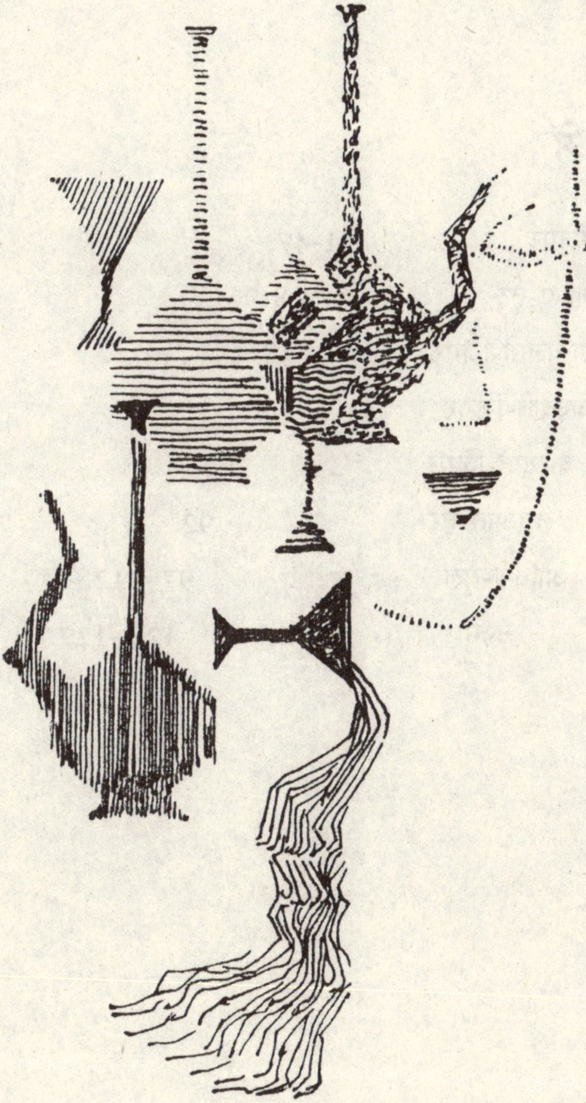

इस भाग में

दाग़े-जिगर

जब उस रुख़े-पुरनूर[1] का जल्वा[2] नज़र आया,
काबा नज़र आया न कलीसा[3] नज़र काया।
ये हुस्न[4], ये शोख़ी[5], ये करिश्मा[6] ये अदाएं[7],
दुनिया नज़र आई मुझे तू क्या नज़र आया।
जब देख न सकते थे तो दरिया[8] भी था क़तरा[9],
जब आंख खुली क़तरा भी दरिया नज़र आया।
हर रंग तेरे रंग में डूबा हुआ निकला,
हर नक़्श तेरा, नक़्शे-कफ़े-पा[10] नज़र आया।
हर जल्वे को देखा तेरे जल्वों से मुनव्वर[11], हर
बज़्म[12] में तू अंजुमन-आरा[13] नज़र आया।

थम-थम के उनके कान में पहुंची सदाए-दिल[14],
उड़-उड़ के रंगे-चेहरा मेरा नामाबर[15] हुआ।
फ़र्याद कैसी, किसकी शिकायत, कहां का हश्र[16],
दुनिया उधर को टूट पड़ी वो जिधर हुआ।
वारफ़्तगिए-शौक़[17] का अल्लाह रे कमाल,
जो बेख़बर[18] हुआ वो बड़ा बाख़बर[19] हुआ।

---

1. प्रकाशमान या ज्योतिर्मय मुख 2. छवि 3. गिरजाघर 4. सौन्दर्य 5. चंचलता 6. चमत्कार 7. हावभाव, अंगभंगी 8. नदी 9. बूंद 10. चरणचिह्न 11. ज्योतित, प्रकाशमान 12. महफ़िल 13. सभा की शोभा बढ़ानेवाला 14. हृदय की वाणी 15. सन्देशवाहक, दूत 16. विपत्ति, क़यामत 17. उत्कण्ठा का खोया-खोयापन 18. अचेत, बेहोश 19. चैतन्य, बुद्धिमान्

तुम मुझसे छूटकर रहे सबकी निगाह में
मैं तुमसे छूटकर किसी क़ाबिल नहीं रहा।
उठते हैं तेरी राह में जब से मेरे क़दम,
एहसासे-कुर्बो-दूरिए-मंज़िल[1] नहीं रहा।

सुनाने चले थे उन्हें हाले-दिल,
नज़र मिलते ही रंग फ़क़ हो गया।
जो कुछ बच रहा था मेरा ख़ूने-दिल,
वही आस्मां पर शफ़क़[2] हो गया।

धड़कने लगा दिल नज़र झुक गई,
कभी उनसे जब सामना हो गया।

तेरी याद की उफ़ ये सरमस्तियां,
कोई जैसे पीकर शराब आ गया।
मेरा उनका बनना बिगड़ना ही क्या,
निगाहें मिलीं और हिजाब[3] आ गया।
अदाओं में शोख़ी झलकने लगी,
क़यामत[4] को लेकर शबाब[5] आ गया।

तस्वीर उमीदों की आईना मलालों[6] का,
इंसां जिसे कहते हैं मशहर है ख़यालों का[7]।

---

1. मंज़िल की दूरी एवं निकटता की अनुभूति 2. उषा, लालिमा 3. लज्जा 4. प्रलय 5. यौवन 6. दुःखों का दर्पण 7. विचारों का प्रलयस्थल

क्या ख़ाक जवाब उनको दूं उनके सवालों का,
लब ख़ुश्क हैं ज़ख़्मों के, मुंह बन्द है छालों का।

दिल पे मेरे गिराई थीं तुमने ही बिजलियां मगर,
आनो नज़र के सामने मुझको है एहतिमाल[1]-सा।
हाय रे वो इताब[2] में उनकी अदाएं उनकी शक्ल,
आंखें भी सुर्ख़-सुर्ख़-सी चेहरा भी लाल-लाल-सा।
हुस्न की सेह्रकारियां[3] इश्क़ के दिल से पूछिए,
वस्ल[4] कभी है हिज्र[5]-सा, हिज्र कभी विसाल-सा।

ख़ाके-मजनूं से ये आती हैं सदाएं पैहम[6],
ज़िन्दगी है ग़मे-दिलबर[7] में फ़ना[8] हो जाना।
निगहे-शौक़[9] ने सब खोल दिए बन्दे-निक़ाब[10],
सह्ल समझे थे वो पाबन्दे-हया[11] हो जाना।

हसरत[12] से देखता हूं हर एक शाख़े-गुल[13] की सिम्त[14],
ये ज़ोफ़[15] और हाय ये आलम[16] बहार[17] का।
जिस पर बरस गई कभी बर्क़े-जमाले-यार[18],
हर ज़र्रा आफ़ताब है उसके मज़ार का[19]।

---

1. शंका, सन्देह 2. गुस्सा, क्रोध 3. जादूगरियां 4. मिलन 5. विरह 6. निरन्तर 7. प्रेमपात्र के ग़म 8. लय 9-10. उत्कण्ठा की दृष्टि ने नकाब (पर्दे) के सब बंधन खोल दिए हैं 11. लज्जा का माननेवाला 12. लालसा 13. फूलों की प्रत्येक डाली 14. दिशा 15. दुर्बलता 16. अवस्था 17. वसन्त ऋतु 18. प्रियतम के सौन्दर्य की बिजली 19. उसकी समाधि का प्रत्येक कण सूर्य है।

आज क्या हाल है यारब! सरे-महफ़िल[1] मेरा,
कि निकाले लिए जाता है कोई दिल मेरा।
कुछ खटकता तो है पहलू में मेरे रह-रहकर,
अब ख़ुदा जाने तेरी याद है या दिल मेरा।

लाखों में इन्तिख़ाब[2] के क़ाबिल बना दिया,
जिस दिल को तुमने देख लिया दिल बना दिया।
पहले कहां ये नाज़ थे ये इश्वा[3]-ओ-अदा,
दिल को दुआएं दो तुम्हें क़ातिल बना दिया।

वो थे न मुझसे दूर न मैं उनसे दूर था,
आता न था नज़र तो नज़र का क़सूर था।
लगते ही ठेस टूट गया साज़े - आरज़ू[4],
मिलते ही आंख शीशए - दिल चूर - चूर था।
उस चश्मे-मयफ़रोश[5] से कोई न बच सका,
सबको बक़दरे - हौसलए - दिल[6] सुरूर[7] था।

रग-रग में दिल था दिल में निहां[8] सोज़ो-साज़ था,
वो दिन भी क्या थे जब मैं सरापा[9] गुदाज़[10] था।
क्या कह दिया किसी ने कि मिलते ही चश्मे-शौक़[11],
दोनों तरफ़ से दस्ते-तमन्ना[12] दराज़[13] था।

1. सभा-मध्य 2. चयन, चुनाव 3. हावभाव 4. कामना का बाजा 5. मद्य बेचनेवाली 6-7. अपने हृदय के हौसले के अनुसार ही नशा था 8. प्रच्छन्न, छिपा हुआ 9. आपादमस्तक 10. द्रवणशीलता 11. उत्कण्ठा की दृष्टि 12. कामना का हाथ 13. फैला हुआ

दिल न था, जान न थी, सोज़ न था, साज़ न था,
मैं ही मैं था मेरे हमराह[1] कोई राज़[2] न था।
हसरत उस ताइरे-मायूस[3] की हालत पे कि जो,
क़ैद से छूट के भी माइले - परवाज़[4] न था।

ख़ल्वत[5] में ग़मे-फुर्कत[6] इस तरह बयां होता,
वो मेरी ज़ुबां होते मैं उनकी ज़ुबां होता।
यूं राज़े ग़मे-उल्फ़त[7] सीने में निहां[8] होता,
हम ख़ुद भी अयां[9] करते तो भी न अयां होता।

कहां के ग़म्ज़ा-ओ-शोख़ी[10] कहां के नाज़ो-अदा[11],
वो तीर और ही था जो जिगर के पार हुआ।
ख़ज़ां[12] न थी चमनिस्ताने-दह्र[13] में कोई,
ख़ुद अपना ज़ोफ़े-नज़र[14] पर्दए-बहार[15] हुआ।

कांटा था चश्मे-यास[16] में एक-एक बर्गे-गुल[17],
मेरे लिए चमन भी बयाबां निकल गया।
दिल में तो आग है वही अब तक लगी हुई,
माना कि चश्मे-शौक़[18] का अर्मीं निकल गया।

---

1. संग 2. रहस्य 3. निराश पक्षी 4. उड़ने को उन्मुख 5. एकान्त 6. विरहदुःख 7. प्रेम के ग़म का रहस्य 8. छिपा, प्रच्छन्न 9. प्रकट 10. भ्रू संकेत एवं चांचल्य 11. हाव-भाव 12. पतझड़ 13. विश्व-उपवन 14. दृष्टि की दुर्बलता 15. वसंत पर पर्दा 16. निराश नयन 17. फल की पंखड़ी 18. उत्कण्ठित नयन

मुझको वो लज़्ज़त मिली एहसास[1] मुश्किल हो गया,
रहते-रहते दिल में तेरा दर्द भी दिल हो गया।
ऐ निगाहे-यास[2] ये क्या रंगे-महफ़िल हो गया,
मैंने जिस दिल की तरफ़ देखा मेरा दिल हो गया।
इब्तिदा[3] वो थी कि था जीना मुहब्बत में मुहाल[4],
इन्तिहा[5] ये है कि अब मरना भी मुश्किल हो गया।

जब तो कुछ ज़र्फ़[6] है ऐ दिल तेरे पैमाने का,
राज़ मयख़ाने से बाहर न हो मयख़ाने का।
उसकी तस्वीर किसी तरह नहीं खिंच सकती,
शमअ़ के साथ तअल्लुक़[7] है जो परवाने का।
जज़्बए-शौक़[8] ने दम लेने का मौक़ा न दिया,
शमअ़ मुंह देखती ही रह गई परवाने का।

हया[9] में आए तो रंगे-मस्ती अदा में हो तो हिजाब[10] पैदा,
वो आंख ख़ुद ही बनेगी साक़ी[11] नज़र करेगी शराब पैदा। कहां
का मयख़ाना[12] किसका साक़ी कुछ और बढ़ने दो बेख़ुदी को,
वही बनायेगी जामो-साग़र[13] वही करेगी शराब पैदा।

यही है सबसे बढ़ कर महरमे-इसरार[14] हो जाना,
मयस्सर हो अगर अपना हमें दीदार[15] हो जाना।

---

1. अनुभव 2. निराश दृष्टि 3. आरम्भ 4. दुष्कर 5. अन्त 6. उदारता, विशालता 7. सम्बन्ध 8. उत्कण्ठापूर्ण भाव 9. लज्जा 10. पर्दा, लाज-संकोच 11. मदिरा पिलानेवाला (प्रेमपात्र) 12. मधुशाला 13. चषक 14. रहस्य-ज्ञान 15. दर्शन

हवा का इस तरफ़ उनकी निक़ाबे-रुख़[1] उलट देना,
इधर यक-यक लहू की बूंद का सरशार[2] हो जाना।

अब तो आंखें खोल ओ उफ़्तादए - कूए - हबीब[3],
झांकता है कोई दरवाज़े से शर्माता हुआ।
दीदए-हक़बी[4] में है क्या फ़र्क़ कैसा इम्तियाज़[5],
एक ही जल्वा कहीं मजनूं कहीं लैला हुआ।
अल्ला-अल्ला ये कमाले - जज़्बए - पिनहाने इश्क़[6],
जो गिरा आंखों से आंसू हुस्न का दरिया[7] हुआ।

मेरी रग - रग में समाकर भी ये पर्दा मुझसे,
ज़ुल्म है ज़ुल्म जो आईना से शर्माएं आप।
कर दिया दर्द - मुहब्बत ने मेरा काम तमाम,
अब किसी तरह की तकलीफ़ न फर्माएं आप।

और ही कुछ कह रहा है रंगे-बेताबाना[8] आज,
उड़ न जाए शमअ़ को लेकर कहीं परवाना आज।
छलक गया एक-एक मयकश उस निगाहे-मस्त से,
तुम उधर देखा किए और लुट गया मयख़ाना आज।

---

1. मुख का घूंघट 2. छका हुआ, विह्वल, परिपूर्ण 3. प्रियतम की गली के दुखिया 4. सत्य (ईश्वर) देखनेवाली दृष्टि 5. भेद 6. प्रच्छन्न प्रेमानुभूति का चमत्कार 7. सौन्दर्य-सागर 8. बेचैनी-भरा रंग

ज़र्रे - ज़र्रे से नुमायां[1] शाने - क़ूद्रत[2] देखकर,
खुल गईं आंखें तिलिस्मे-हुस्ने-फ़ितरत[3] देखकर।
ये हुजूमे - ग़म[4] ये अन्दोहे - मुसीबत[5] देखकर,
अपनी हालत देखता हूं उनकी सूरत देखकर।
कपकपी सारे बदन में, ज़र्द चेहरा[6], दिल उदास,
चुप खड़े हैं दूर मेरी ख़ाके - तुर्बत[7] देखकर।

हाय वो जोशे-रब्तो-ज़ब्त, हाय वो बेतअल्लुक़ी,
अश्क़ भर आए आंख में कूचए-यार देखकर।
शौक़ ने लीं चुटकियां सी हस्रते-दिल मचल गई,
मेरी तरफ़ बढ़ा हुआ दामने - यार[8] देखकर।

वो मस्त मानिन्द रिन्द[9] आंखें वो सुर्ख़ मिस्ले-गुलाब आ़रिज[10]
जो हैं मुजस्सिम शराब[11] आंखें तो हैं सरापा शबाब[12] आ़रिज़।
बरस रहा है ये रंगे-मस्ती कि होश बाक़ी नहीं किसी को,
निगाहें उनकी झुकी हुई हैं, पिला रहा है शराब आ़रिज़।

फ़ुर्सत कहां कि बात करें आस्मां से हम,
लिपटे पड़े हैं लज़्ज़ते-दर्दे-निहां[13] से हम।

1. प्रकट 2. ईश्वरीय विभूति 3. प्रकृति के सौन्दर्य का इन्द्रजाल 4. शोकपुंज 5. कष्टों का बाहुल्य 6. पीला मुख 7. समाधि-भस्म 8. प्रेयसी का आंचल 9. मद्यप जैसी 10. गुलाब ऐसे कपोल 11. साकार मदिरा 12. आपादमस्तक यौवन 13. प्रच्छन्न पीड़ा का स्वाद

तक़दीर ने उसे भी नज़र से छिपा दिया,
रोते लिपट के गर्दे पसे-कारवां[1] से हम।
बैठे ही बैठे आ गया क्या जाने क्या ख़याल,
पहरों लिपट के रोए दिले-नातवां[2] से हम।
बेताबियों ने काम दिया दस्ते-नाज़[3] का,
आख़िर लिपट के सो गए दर्दे-निहां से हम।

किस-किसको जान दीजिए किस-किसको चाहिए,
गुम हो गए हैं बज़्मे-तमन्ना[4] में आके हम।
इतने हिजाबों पर तो ये आ़लम[5] है हुस्न का,
क्या हाल हो जो देख लें पर्दा उठाके हम।
तासीरे - जज़्बे - इश्क़[6] का अल्लाह रे कमाल,
आईना बन गए तेरी इक-इक अदा के हम।

ऐ काश वो हस्रतज़दा[7] तूर[8] को मिलतो,
जिस आंख से हम हुस्ने-बुतां[9] देख रहे हैं।
ताचन्द[10] करें ज़ब्त मेरे आबला-ए-पा[11],
सूखी हुई कांटों की ज़बां देख रहे हैं।

ग़म से छुटूं तो उधर देखूं मैं,
दिल को रो लूं तो जिगर देखूं मैं।

---

1. कारवां के पीछे छूटी धूलि 2. दुर्बल हृदय 3. प्रिय का हाथ 4. कामना रूपी महफ़िल 5. अवस्था, हाल 6. प्रेमभावना का प्रभाव 7. लालसापूर्ण (आंखें) 8. शाम (सीरिया) का एक पहाड़ जिसपर हज़रत मूसा को ईश्वरीय ज्योति के दर्शन हुए थे 9. बुतों (मूर्तियों, प्रेमपात्र) का सौन्दर्य 10. ताकि 11. पांव के छाले

निगहे-यास[1] असर देखूं मैं,
दामने-यार भी तर देखूं मैं।
नज़्अ[2] में ढूंढ रही हैं आंखें,
काश उन्हें एक नज़र देखूं मैं।

सरापा आरज़ू[3] हूं, दर्द हूं, दाग़े-तमन्ना हूं,
मुझे दुनिया से क्या मतलब कि मैं आप अपनी दुनिया हूं।
कभी कैफ़े-मुजस्सिम[4] हूं, कभी शौक़े-सरापा[5] हूं,
ख़ुदा जाने कि किसका दर्द हूं किसकी तमन्ना[6] हूं।
मुझे जुंबिश[7] में क्या लाएगी मौजे-सर्सरे-आ़लम[8],
हरीमे-क़ुद्स[9] कहते हैं जिसे मैं उसका पर्दा हूं।
मुझी में हुस्न का आ़लम[10] मुझी में इश्क़ की दुनिया,
निसार अपने पे हो जाऊं अगर सौ बार पैदा हूं।

क्या आ गया ख़याल दिले-बेक़रार में,
ख़ुद आशियां[11] को आग लगा दी बहार में।
दश्ते-जुनूने-इश्क़[12] की गुलकारियां न पूछ,
डूबा हुआ हूं सर से क़दम तक बहार में।

और भी मेरे लिए आफ़त का सामां हो गईं,
हाय वो मख़मूर[13] आंखें जब पशेमां[14] हो गईं।

---

1. निराशापूर्ण दृष्टि 2. मृत्यु-पीड़ा, दम टूटने की अवस्था 3. आपादमस्तक कामना 4. साकार नशा (सुरूर) 5. ऊपर से नीचे तक की उत्कण्ठा 6. कामना 7. हिलाना 8. संसार की तूफ़ानी हवा (आंधी) की तरंगें 9. पवित्र धाम, स्वर्ग, अर्श 10. सौन्दर्य-जगत् 11. नीड़ 12. प्रेमोन्माद-वन 13. नशे में भरी 14. लज्जित

इश्क़ की बेताबियां[1] कब छोड़ सकती हैं मुझे,
फ़र्क़ इतना है कि अब आंखों से पिनहीं[2] हो गईं।

इशारा है किसी की इक नज़र का,
वगर्ना[3] क्या है जाने - नातवां[4] में।
बता दे बेख़ुदीए - इश्क़[5] इतना,
क़फ़स[6] में हूं कि हूं मैं आशियां में?

ये न पूछो दह्र[7] में कब से मैं इसी तरह ख़ाना-ख़राब[8] हूं,
जो न मिट सका वो तिलिस्म हूं जो न उठसका वो हिजाब[9] हूं।
मुझे ग़ैर समझें न अहले-दिल[10] हमःतन[11] अगर्चे हिजाब हूं,
जो निहां[12] है मेरी नज़र से भी मैं उसीके रुख़[13] की निक़ाब[14]
हूं। न सदाए-बुलबुले-ख़ुशबयां[15] न सुरूदे-बज़्मे-परीरुखां[16],
जो भरा है नग़मए-दर्द[17] से वो मैं एक तारे-रबाब[18] हूं।

ठेस लग जाए न उनको हस्रते-दीदार[19] की,
ऐ हुजूमे-ग़म[20] संभलने दे ज़रा बीमार को।
फ़िक्र है ज़ाहिद[21] को हूरो-कौसरो-तस्नीम[22] की,
और हम जन्नत समझते हैं तेरे दीदार को।

---

1. प्रेम की बेकली 2. प्रच्छन्न, पोट 3. अन्यथा 4. दुर्बल प्राण 5. प्रेम की विस्मृति 6. पिंजरा 7. दुनिया, युग, ज़माना 8. गृहहीन, बदनसीब, जिसका घरबार सब नष्ट हो गया हो 9. पर्दा, घूंघट 10. सहृदय 11. सारे शरीर के साथ अर्थात् पूरी तल्लीनता के साथ 12.छिपा 13. मुख14. घूंघट 15. कलनाद करनेवाले बुलबुल की वाणी 16. परियों जैसे मुखवाली अप्सराओं की सभा का राग या वाद्य 17. वेदना की रागिनी 18. सितार का तार 19. दर्शनेच्छा 20. शोकपुंज 21. संयमी, विरक्त, तपस्वी 22. अप्सराएं, स्वर्गकुण्ड, स्वर्ग की नहर

वाक़िफ़ ग़मे-उल्फ़त से न दिल हो न जिगर हो,
यूं मुझसे मिलो तुम कि मुझे भी न ख़बर हो। इस
क़ह्रो-ग़ज़ब पर तो फ़िदा[1] दीदा-ओ-दिल है,
क्या हाल हो मेरा जो इनायत[2] की नज़र हो।
रह - रहके तड़प जाती है सीने में कोई चीज़,
ऐसा न हो बेताब तुम्हारी ही नज़र हो।

कहां के सर्वो - सनोबर कहां के लाला-ओ-गुल,
निगाह ही में जो कैफ़ियते-बहार न हो।
भरे हुए हैं निगाहों में हुस्न के जल्वे,
ये क्या मजाल जहां मैं हूं और बहार न हो।

महशर[3] में बात भी न ज़ुबां से निकल सकी,
क्या झुकके उस निगाह ने समझा दिया मुझे।
हर बार यास[4] हिज्र[5] में दिल की हुई शरीक,
हर मर्तबा उमीद ने धोका दिया मुझे।

क्या ख़बर थी ख़लिशे-नाज़[6] न जीने देगी,
ये तेरी प्यार की आवाज़ न जीने देगी।
क़ह्र[7] की लाख निगाहों की ज़रूरत क्या है,
लुत्फ़[8] की एक निम्हे - नाज़[9] न जीने देगी।

---

1. आसक्त 2. कृपा 3. प्रलयस्थल 4. निराशा 5. विरह 6. हाव भाव-भरी चुभन, दर्द की टीस 7. तीव्र कोप 8. करुणा 9. नाज़ों-भरी नज़र

ये मुजरिमे-उल्फ़त[1] है, वो मुजरिमे-दीदार[2],
दिल लेके चले हो तो लिए जाओ नज़र भी।
क्या देखेंगे हम जल्वए-महबूब[3] कि हमसे,
देखी न गई देखने वाले की नज़र भी।
जलवों को तेरे देखके जी चाह रहा है,
आंखों में उतर आए तेरा कैफ़े-नज़र[4] भी।

मुझे ऐ शोरे-महशर! तूने क्यों चौंका दिया उठकर,
बलाएं ले रहा था बेख़ुदी में अपने क़ातिल की।
न तोड़ ऐ दस्ते-गुलचीं[5] बाग़ में फूलों की कलियों को,
कि इनमें कुछ शबाहत[6] पाई जाती है मेरे दिल की।

वफ़ा पे दिल को सदक़े[7] जान को नज़े-जफ़ा[8] कर दे,
मुहब्बत में ये लाज़िम है कि जो कुछ हो फ़ना[9] कर
दे। चमन दूर, आशियां[10] बर्बाद ये टूटे हुए बाज़ू,
मेरा क्या हाल हो, सय्याद गर मुझको रिहा कर दे।

दिल की ख़बर न होश किसी को जिगर का है,
अल्लाह अब ये हाल तुम्हारी नज़र का है।
उस सिम्त[11] देखती ही नहीं रुख़ जिधर का है,
सबसे जुदा उसूल[12] तुम्हारी नज़र का है।

---

1. प्रेम का अपराधी 2. दर्शन का अपराधी 3. प्रेमपात्र का सौन्दर्य-प्रदर्शन 4. दृष्टि में भरा नशा या सुरूर 5. माली के हाथ 6. सादृश्य 7. निछावर 8. ज़ुल्म की भेंट 9. नष्ट 10. नीड़ 11. तरफ़, दिशा 12. सिद्धान्त

दिल रख दिया है, सामने लाकर ख़ुलूस[1] से,
आगे अब इसके काम तुम्हारी नज़र का है।
पैहम[2] हुजूमे - यास[3] से आता नहीं यक़ीं,[4]
तुम मेरे सामने हो कि धोका नज़र का है।

अल्लाह-अल्लाह ये वारफ़्तगिए-इश्क़[5] मेरी,
उस जगह हूं कि हुस्न भी दीवाना है।
तुम दिखा दो जिसे आंख वही मख़्मूर[6] बने,
हम जहां शीशा[7] पटक दें वही मयख़ाना[8] है।

आया न रास[9] नालए-दिल[10] का असर मुझे,
अब तुम मिले तो कुछ नहीं अपनी ख़बर मुझे।
डाला है बेख़ुदी ने अजब राह पर मुझे,
आंखें हैं और कुछ नहीं आता नज़र मुझे।
करना है आज हज़ते-नासेह[11] से सामना,
मिल जाए दो घड़ी को तुम्हारी नज़र मुझे।
यकसां[12] है हुस्नो-इश्क़ की सरमस्तियों का रंग,
उनकी ख़बर उन्हें है न मेरी ख़बर मुझे।
मैं दूर हूं तो रूए-सुख़ुन[13] मुझसे किसलिए,
तुम पास हो तो क्यों नहीं आते नज़र मुझे।

---

1. निश्छलता, सचाई 2. निरन्तर 3. निराशा की भीड़ 4. विश्वास 5. प्रेम की विस्मति, खोया-खोयापन 6 . मदोन्मत्त 7. मदिरा की सुराही (दिल) 8. मधुशाला 9.अनुकूल 10. हृदय का आर्तनाद 11. नसीहत करनेवाला 12. एकसा 13. वार्तालापोन्मुखता

किस क़यामत की कशिश[1] इस जज़्बए-कामिल[2] में है,
तीर उनके हाथ में पैकां[3] हमारे दिल में है।
यक तलातुम[4]-सा तो बर्पा[5] सीनए-बिस्मिल[6] में
है, अब न जाने तू है ख़ुद या याद तेरी दिल में है।
शमअ़ चुप, परवाने शशदर[7], अहले-दिल सब दम-बख़ुद[8],
हाय क्या तस्वीर का आ़लम[9] तेरी महफ़िल में है।

जवानी आते ही उनपर क़यामत की बहार आई,
नज़र बेगानावार[10] उट्ठी, हया मस्तानावार[11] आई।
वो घर बर्बाद ही हो जाए तो बेहतर है जिस घर में,
न सुबहे-वस्ल[12] आई और न शामे - इन्तज़ार[13] आई।

अज़ल[14] के दिन जिन्हें लेकर चले थे तेरी महफ़िल से,
वो शो'ले आज तक लिपटे हुए हैं दामने - दिल से।
ये आलम[15] है हुजूमे - शौक़[16] में बेताबिए - दिल[17] से,
कि मंज़िल पर पहुंचकर भी उड़ा जाता हूं मंज़िल से।

बस यक नज़र का धोका है, बस यक नज़र का पर्दा है,
न मजनूं कोई मजनूं है न लैला कोई लैला है।

---

1. आकर्षण 2. पूर्ण भावना 3. तीर की नोक 4. बाढ़, तूफ़ान 5. जारी 6. घायल का सीनां 7. चकित 8. स्तब्ध 9. अवस्था 10. अजानी 11. मस्ती से भरी लज्जा 12. मिलन-प्रभात 13. प्रतीक्षा की संध्या 14. अनादिकाल, सृष्टि का आरम्भकाल 15. अवस्था 16. उत्कण्ठा का प्राबल्य 17. हृदय की बेचैनी

यही तो फ़र्क़ है बस काफ़िरो[1]- मोमिन[2] में ऐ ग़ाफ़िल,
कि उसके लाख का'बा हैं और इसका एक का'बा है।

स्फुट शे'र

आह! रो लेने से भी कब बोझ दिल का कम हुआ,
जब किसी की याद आई फिर वही आ़लम[3] हुआ।

परीशां होके ज़ुल्फ़ों का वो उस रुख़[4] पर बिखर जाना,
वो सोते - सोते चौंक उठना वो लेटे-लेटे डर जाना।

उन्हीं की इक निगाहे-नाज़ के सारे करिश्मे थे,
न हसरत मेरी हसरत थी न अर्मां मेरा अर्मां था।

बनाकर अपने हाथों आशियां बरबाद करते हैं,
जो तेरा काम था वो भी हम ऐ सय्याद! करते हैं।

पास जाना दिले-बेताब। संभलकर शबे-वस्ल[5]
नीची नज़रों में छुरी बनके हया फिरती है।

मुझे जो अर्ज़े - तमन्ना[6] पे कुछ हिजाब[7]
आया, मेरे सवाल की शर्मिन्दगी सवाल हुई।

1. नास्तिक, मूर्तिपूजक, अविश्वासी 2. विश्वासी, ईमानदार, मुसलमान 3. स्थिति 4. चेहरे 5. मिलन-रात्रि 6. कामना के निवेदन 7. संकोच

रात क्या दिलकश[1] अदाए - जल्वए - जानाना[2] थी,
शमअ़ जब रुख़ के मुक़ाबिल[3] आई ख़ुद परवाना थी।

हसरत का लहू भरा है जिसमें,
वो जाम[4] हूं दौरे - आख़िरी[5] का।

रंगे-हया[6] है ये तेरे जोशे-शबाब[7] में,
या चांदनी का फूल खिला है गुलाब में।

है मआ़ले-कारे-फ़ना[8] यही कि उन्हीं का रंग अ़यां[9] रहे,
न नज़र हमारी नज़र रहे न ज़ुबां हमारी ज़ुबा रहे।

सिफ़ाक[10] चितवनें भी हैं क़ातिल नज़र भी है,
क्या चीज़ हो गए हो तुम्हें कुछ ख़बर भी है?

●

---

1. चित्ताकर्षक 2. प्रेमिका की झलक की अदा 3. मुंह के सामने 4. चषक, पानपाल 5. अन्तिम चरण, अंतिम युग, आख़िरी बार 6. लज्जा का रंग 7. यौवन की बाढ़ 8. विनाशकार्य का परिणाम 9. प्रकट 10. क़ातिल, मारक, निष्ठुर

शो'ला-ए-तूर

[तख़य्युलाते जिगर]

फ़नाए-इश्क़[1] क्या है कारवां-दर-कारवां होना,
यहां तक मुन्तशिर[2] होना कि बेनामो-निशां होना।
कभी दरियाए-बेताबी[3] का सीने में सिमट आना,
कभी हर अश्क के क़तरे[4] का बहरे-बेकरां[5] होना।

ये मज़ा था ख़ुल्द[6] में भी न मुझे क़रार होता,
जो वहां भी आंख खुलती यही इन्तज़ार[7] होता।
मेरे रश्के-बेनिहायत[8] को न पूछ मेरे दिल से,
तुझे तुझसे भी छिपाता अगर इख़्तयार[9] होता।
मेरी बेक़रारियां ही तो हैं उसकी वज्हे-तस्कीं[10],
जो मुझे क़रार होता तो वो बेक़रार होता।
कभी ये मलाल[11] उसका न दुखे किसी तरह दिल,
कभी ये ख़याल वो भी युंही बेक़रार[12] होता।

महवे - रंगारंगिए - सेहराए - इम्क़ां[13] हो गया,
अपने जल्वों में मुक़य्यद[14] आप इंसां हो गया।

1.प्रेम का अन्त 2. बिखरना 3. बेचैनी का समुद्र 4. अश्रु-बिन्दु 5. अपार सागर 6. स्वर्ण 7. प्रतीक्षा 8. असीम ईर्ष्या 9. वश 10. संतोष का कारण 11. दुःख, रंज 12. बेचैन 13. आशा की मरु-मरीचिकाओं में डूब गया 14. बंदी

रूह[1] क़ालिब[2] से निकलकर अस्ल[3] में गुम हो गई,
नै[4] से होते ही जुदा नग़मा[5] परीशां हो गया[6]।
रूह जब तड़पी निगाहे-शौक़[7] आशिक़ बन गई,
दिल जब उछला जल्वागाहे-हुस्ने-जानां[8] हो गया।
एक मर्कज़[9] पर सिमट आया जहाने-आजू[10],
कस्रते-मौहूम[11] से जब दिल परीशां हो गया।
किसको देखा पर्दए-ख़ाकी में अपने जल्वागर,
डालते ही इक नज़र मग़रूर[12] इन्सां हो गया।
चश्म पुरनम[13], ज़ुल्फ़ आशुफ़्ता[14], निगाहें बेक़रार[15],
इस पशेमानी[16] के सदक़े[17] मैं पशेमां[18] हो गया।
वर्ना क्या था सिर्फ़ तर्तीबे-अनासिर[19] के सिवा,
ख़ास कुछ बेताबियों का नाम इन्सां हो गया।

दिल मेरा तोड़कर कहा उसने ज़बाने-राज़[20] में,
साज़[21] में नग़मे वो कहां हैं जो शिकस्ते-साज़[22] में।
होके फ़नाए-ज़ाते-हक़[23] दिल मेरा सोज़ो-साज़ में,
मर्कज़े-अस्ल[24] बन गया दायरए-मजाज़[25] में।
ख़ाक भी उस ग़रीब को, आह कि फिर न उठ सकी'
तुमने जिसे मिटा दिया पर्दए-इम्तियाज़[26] में।

---

1. आत्मा 2. शरीर, देह 3. सत्य तत्त्व 4. बांसुरी 5. गान 6. बिखर गया 7. उत्कण्ठित दृष्टि 8. प्रेयसा के सौन्दर्य का छविगृह 9. केन्द्र 10. अभिलाषा की दुनिया 11. भ्रमों का बाहुल्य 12. गर्वित 13. भीगी आंखें 14. बिखरे बाल 15. बेचैन आंखें 16. लज्जा 17. निछावर 18. लज्जित 19. पंचभूतों की क्रमबद्धता 20. रहस्य की भाषा 21. वाद्य 22. टूटा वाद्य 23. ईश्वर के अस्तित्व में विलीन होकर 24. सत्य तत्व का केन्द्र, ब्रह्मकेन्द्र 25. माया को परिधि, भौतिक जगत् का घेरा 26. विवेक के पर्दे में

दर्द का दिल बढ़ाए कौन पर्दए-दर उठाए कौन,
मौत को नींद आ गई ग़म के हरीमे-नाज़[1] में।
फैले पड़े हैं जिस क़दर हुस्न के जल्वए-लतीफ़[2],
जी में है सब समेट लूं दामने-इम्तियाज़ में।
यूं ही मेरी निगाह में नक़्शे-निगारे-कायनात[3],
आलमे-ख़्वाब[4] जिस तरह दीदए-नीम-बाज़[5] में।

खोलकर आंख ज़रा देख तो ले ऐ ग़ाफ़िल[6],
तेरी हस्ती[7] ही हिजाबे-रुख़े-पुरनूर[8] न हो।
जितने वो पास हैं इतना भी न हो पास कोई,
जितने वो दूर हैं उतना भी कोई दूर न हो।
इस तक़य्युद[9] पे तो आलम है ये आज़ादी का,
क्या क़यामत करे इन्सान जो मजबूर न हो।

अभी ऐ जोशे-वहशत[10] कौन ये कहता हुआ गुज़रा,
तेरे दामन के टुकड़े याद करते हैं गरेबां[11] को।
अता[12] कर वो मज़ाक़े-इश्क़[13] ऐ बेगानए-आलम[14],
कि तेरी आंख से देखूं तेरे हुस्ने-नुमायां[15] को।

चश्मे-नज़रपरस्त[16] में जिसका जहान[17] नाम है,
हुस्ने-तमाम[18] यार का जल्वए-नातमाम[17] है।

1.प्रेयसा का घर 2. सौन्दर्य की मधुर झलकें 3. संसार को मूर्तियों (प्रेमयात्रियों) की रेखाएं 4. स्वप्न-संसार 5. अधखुली आंखों में 6. अज्ञात 7. अस्तित्व 8. ज्योतिर्मय मुख पर धूंघट 9. बंधन, बन्दीव 10. उन्माद का प्राबल्य 11. गला 12. प्रदान कर 13. प्रेमाभिरुचि 14. जो संसार से परे है 15. व्यक्त सौन्दर्य 16. दर्शनासक्त नयन 17. संसार 18. सम्पूर्ण सौन्दर्य 19. अपूर्ण छवि

हुस्न की बारगाह[1] में रखिए संभालकर क़दम,
ये वो मुक़ाम है जहां ख़्वाहिशे-दिल हराम है[2]।

सोज़[3] में भी इक नग़्मा है जो साज़[4] में है,
फ़र्क नज़दीक की और दूर की आवाज़ में है।
ये सबब है कि तड़प सीनए-हर-साज़ में है,
मेरी आवाज़ भी शामिल तेरी आवाज़ में है।

वो बज़्मे-तमाशा भी क्या बज़्म-तमाशा है,
जो जल्वा है पर्दा है जो पर्दा है जल्वा है।
दुनिया ये उसी की है आलम ये उसी का है,
जो आप ही मजनूं है जो आप ही लैला है।
आग़ाज़े-मुहब्बत[5] का अंजाम[6] बस इतना है,
जब दिल में तमन्ना[7] थी अब दिल ही तमन्ना है।
क्या हुस्न का अफ़साना महदूद[8] हो लफ़्ज़ों[9] में,
आंखें ही कहें उसको आंखों ने जो देखा है।

आदमी नश्शए-ग़फ़लत[10] में भुला देता है,
वर्ना जो सांस है तालीमे-फ़ना[11] देता है।
तुझसे मैं दूर किसी वक़्त नहीं हूं ग़ाफ़िल[12],
दिल में बैठा हुआ कोई ये सदा[13] देता है।

1. दरबार 2. हृदय में कामना का प्रवेश निषिद्ध है 3. जलन 4. बाजा 5. प्रेमारम्भ 6. परिणाम 7. अभिलाषा 8. सीमित 9. शब्दों 10. असावधानी का नशा 11. विनाश की शिक्षा 12. अज्ञानी 13. आवाज़

बादए-नाब[1] अजब चीज़ है साक़ी[2] लेकिन,
और ही कुछ तेरे हाथों से मज़ा देता है।
झिलमिलाते हुए तारों का ये अल्लाह रे असर।
सामने से कोई पर्दा-सा हटा देता है।

❦

उनको अपनी शाने-रहमत[3] पर ग़रूर[4],
मुझको अपनी बेबसी पर नाज़[5] है।
लफ़्ज़ो-मानी[6] जिसको छू सकते नहीं,
वो मेरा अफ़सानए-आग़ाज़[7] है।
ज़िन्दगी क्या है नुमूदे-आशिक़ी[8],
इश्क़ क्या है हुस्न का आग़ाज़[9] है।

❦

मसरूर[10] हूं कैफ़ीयते-दर्दे-जिगरी[11] से,
कुछ काम असर से है न अब बेअसरी से।
कहते हैं जिसे अहले-नज़र[12] होश की दुनिया,
कुछ-कुछ है ख़बरदार मेरी बेख़बरी से।
समझा गया इक जल्वए-बेताब किसी का,
जो राज़[13] कि महजूब[14] था फ़हमे-बशरी[15] से।

❦

---

1. बहुत बढ़िया (विशुद्ध) शराब 2. पिलानेवाला या पिलानेवाली (प्रेमपात्र, प्रेमिका) 3. कृपा की विभूति 4. अभिमान 5. गर्व 6. शब्द और अर्थ 7. प्रारम्भ (जन्म)-कथा 8. प्रेम का उदय 9. सौंदर्य का आरम्भ या उत्पत्ति 10, आनन्दविभोर, सुरूर में मस्त 11. हृदय-वेदना की अवस्था 12. बुद्धिमान 13. रहस्य 14. पर्दे की ओट में छिपा 15. मानवीय बुद्धि

सुना है हश्र[1] में इक हुस्ने-आलमगीर[2] देखेंगे,
ख़ुदा जाने तुझे या अपनी ही तस्वीर देखेंगे।
अब इस सूरत से क्या आएं तेरे आईनाख़ाने में,
तेरी तस्वीर ही बनकर तेरी तस्वीर देखेंगे।

अपने को मैं आप पूजता हूं,
आइनए - हुस्न[3] रूबरू[4] है।
कोई न यहां अदम[5] न हस्ती[6],
अव्वल-आख़िर जो कुछ है तू है।

इब्तिदा इश्क़[7] की है फ़ितरते-इन्सां[8] की नुमूद[9],
इंतिहा[10] इश्क़ की तकमील[11] है इन्सानों की।
उसने जो आग लगा दी वो फ़रोज़ां[12] ही रही,
बुझ गई आग लगाई हुई अरमानों की।

स्फुट शेर

पासे-अदब[13] से छुप न सका राज़ इश्क़ का,
जिस जा[14] तुम्हारा नाम सुना सर झुका दिया।

मस्त-जामे-शराब होता हूं,
हमःतन[15] आफ़ताब[16] होता हूं।
कल दिखाया था आपने जल्वा,
आज मैं बे-निक़ाब होता हूं।

---

1. प्रलय 2. जगव्यापी सौन्दर्य 3. सौन्दर्य-दर्पण 4. सामने 5. अनस्तित्व 6. अस्तित्व 7. प्रेमारम्भ 8. मानवीय प्रकृति 9. उदय 10. पराकाष्ठा 11. पूर्णता 12. प्रकाशित, जलती 13. शिष्टाचार का विचार 14. जगह 15. सारे शरीर के साथ 16. सूर्य

जान उनपर निसार[1] करता हूं,
प्यार की तरह प्यार करता हूं।

अक़्ल बारीक हुई जाती है,
रूह[2] तारीक[3] हुई जाती है!

ये किससे क़लाम[4] हो रहा है,
हर सांस पयाम[5] हो रहा है।

छुप के रह नहीं सकती आशिक़ी वो मस्ती है,
दिल से बादल उठता है आंख से मय[6] बरसती है।

क्या-क्या ख़यालो-वहम[7] निगाहों पे छा गए,
जी धक से हो गया ये सुना जब वो आ गए।

हर क़दम पे गिर-गिरकर आदमी संभलता है,
यानी ख़िज्र[8] भी कोई साथ-साथ चलता है।

मैं बताऊं तुझको ये राज़ क्या? तू असीरे-दामे-क़यूद[9] है,
मैं जहां हूं नग़मासरा[10] वहां न वुजूद[11] है न शहूद[12] है।

हमसे पूछो वो कहां है और किस मस्कन[13] में है,
दर्द को बेताबियों में क़ल्ब[14] की धड़कन में है।

1. निछावर 2. आत्मा 3. अंधेरी 4. वार्तालाप 5. सन्देश 6. मदिरा 7. विचार एवं भ्रम 8. एक पैग़म्बर जो भूले-भटकों को रास्ता दिखाया करते थे 9. सीमाओं के जाल का बन्दी 10. गायनशील 11. अस्तित्व 12. उपस्थिति 13. निवास-स्थान 14. दिल

[जज़्बाते-जिगर]

ऐ क़ैसनज़र[1]! हुस्ने-हक़ीक़त[2] से ख़बरदार,
साया[3] है इसे साहिबे-महफ़िल[4] न समझना।
हर ज़र्रा[5] है इक पैकरे-सद हुस्ने-हक़ीक़त[6],
हस्ती को 'जिगर' हस्तिए-बातिल[7] न समझना।

निहां किए से कहीं राज़े-ग़म[8] निहां[9] होता?
ज़ुबां न दहन[10] में होती तो मैं ज़ुबां होता।
बहार तोबा शिकन, चश्मे-मस्ते-यार मुसिर[11],
मैं आज पी जो न लेता वो बदगुमां होता।
तमाम उठ गए पर्दे तो उससे क्या हासिल,
मज़ा तो जब था कि मैं भी न दरमियां होता।
ये सब नुमूदो-नुमाइश[12] है तेरे छुपने से,
जो तू न पर्दे में होता तो मैं कहां होता?

मुहीते-इश्क़[13] में जो कुछ भी था इक आलमे-दिल[14] था,
इसी ज़र्रे में दरिया था, इसी क़तरे में साहिल[15] था।

---

1. मजनूं (लैला के प्रेमी) की दृष्टि 2. सत्य (ईश्वरीय) सौन्दर्य 3. छाया 4. महफ़िल का नायक 5. कण 6. शतशत वास्तविक सौन्दर्यों की आकृति 7. निरर्थक या झूठा अस्तित्व 8. दुःख का रहस्य 9. छिपा, प्रच्छन्न 10. मुख 11. वसंत प्रतिज्ञा भंग करनेवाली है और प्रेमपात्र की मस्त आंखें आग्रह कर रही हैं 12. उदय और प्रदर्शन 13. प्रेम-परिधि 14. दिल की दुनिया 15. तट

समझने पर भी समझाना जिसे हर तरह मुश्किल था,
उसी का नाम शायद इस्तिलाहे-इश्क़[1] में दिल था।

न जां दिल बनेगी न दिल जान होगा,
ग़मे-इश्क़ ख़ुद अपना उनवान[2] होगा।
ठहरे ऐ दिले - दर्दमन्दे - मुहब्बत[3]!
तसव्वुर[4] किसी का परीशान होगा।
मेरे दिल में भी एक सूरत है पिनहां[5],
जो तू देख लेगा तो हैरान होगा।
ये कहकर दिया उसने दर्दे-मुहब्बत,
जहां हम रहेंगे ये सामान होगा।
कटेगी शवे-ग़म बड़ी राहतों[6] से,
तेरी याद होगी तेरा ध्यान होगा।

जिधर को हस्तिए-दरिया[7] ने रुख़ किया अपना,
तड़प के मौज[8] उठी झूमकर हुबाब[9] उठा।
किधर से बर्क़[10] चमकती है देखें ऐ वाइज़[11]!
मैं अपना जाम[12] उठाता हूं तू किताब उठा।

हज़ार क़ुर्बतों[13] पर यूं मेरा महजूर[14] हो जाना,
जहां से चाहना उनका वहीं से दूर हो जाना।

1. प्रेम की परिभाषा 2. शीर्षक 3. प्रेम के दर्दी के दिल 4. कल्पना, ध्यान 5. प्रच्छन्न 6. आराम 7. नदी का अस्तित्व 8. तरंग, लहर 9. बुलबुला 10. बिजली 11. उपदेशक 12. प्याला 13. निकटताओं 14. जुदा, विरह-पीड़ित

निक़ाबे-रूए-नादीदा[1] का अज़ख़ुद[2] दूर हो जाना,
मुबारक अपने हाथों हुस्न का मजबूर हो जाना।
सरापा दीद[3] होकर ग़र्क़[4] मौजे-नूर[5] हो जाना,
तेरा मिलना है ख़ुद हस्ती से अपनी दूर हो जाना।
मुहब्बत क्या है, तासीरे-मुहब्बत किसको कहते हैं,
तेरा मजबूर कर देना, मेरा मजबूर हो जाना।
यकायक दिल की हालत देखकर मेरा तड़प उठना,
उसी आ़लम[6] में फिर कुछ सोचकर मसरूर[7] हो जाना।
'जिगर' बो हुस्ने-यकसूई[8] का मंज़र[9] याद है अब तक,
निगाहों का सिमटना और हुजूमे-नूर[10] हो जाना।

तेरी हर यक शान के शायां[11] बना दिया,
इन्सां को दर्दे-इश्क़ ने इन्सां बना दिया।
साक़ी के फ़ैज़े-मस्त-निगाही[12] के मैं निसार[13],
एक-एक मौजे-मय[14] को रगे-जां[15] बना दिया।
किसने ग़मे-फ़िराक़[16] में भरकर निशाते-रूह[17],
यह महशरे-तबस्सुमे-पिनहां[18] बना दिया।

न देखा रुख़े-बेनिक़ाबे-मुहब्बत[19],
मुहब्बत है शायद हिजाबे-मुहब्बत[20]।

---

1. अदृश्य मुख का घूंघट 2. स्वयं 3. आमूल-चूल दृष्टि 4. निमग्न 5. ज्योति-तरंग 6. अवस्था 7. आनन्दित 8. एकाग्रता-सौन्दर्य 9. दृश्य 10. ज्योति-पुंज 11. मुनासिब, उचित 12. आंखों की मस्ती के दान 13. निछावर 14. शराब की लहर 15. प्राणवाहिनी 16. विरह-दुःख 17. आत्मानन्द 18. प्रच्छन्न मुस्कान की प्रलय 19. निरावरण प्रेम का मुख 20. प्रेम का पर्दा

बरसता है कैफ़े-शबाबे-मुहब्बत[1],
हर आंसू है जामे-शराबे-मुहब्बत[2]।
दिले-ज़र्रः-ज़र्रः[3] है नूरे-तजल्ली[4],
ज़हे - जल्वए - आफ़ताबे - मुहब्बत[5]।
सभी उठ गए दीदा-ओ-दिल[6] से पर्दे,
न उट्ठा मगर इक हिजाबे-मुहब्बत।
लहू की हरएक बूंद दिल बन गई है,
खुशा लज़्ज़ते - कामियाबे - मुहब्बत[7]।

तेरे जल्वों में गुम होकर व ख़ुद से बेख़बर होकर,
तमन्ना[8] है कि रह जाऊं ज़सरतापा नज़र[9] होकर।
हिजाब अन्दर हिजाबो-जल्वः अन्दर जल्वः क्या कहिए,
बला में फंस गए उश्शाक़[10] पाबन्दे-नज़र[11] होकर।
अब इस रहमत[12] के आगे हश्र में क्या हाथ फैलाएं,
रहे वाबस्ता[13] जो मुझसे मेरा दामाने-तर[14] होकर।
कहां जाती है मिलकर ओ निगाहे-नाज़ बेपर्दा,
मेरे पहलू में रह जा लज़्ज़ते-दर्दे-जिगर होकर।
लताफ़त[15] मानए - नज़्ज़ारए - सूरत[16] सही लेकिन,
धड़कना दिल का कहता है वो गुज़रे हैं इधर होकर।

1. प्रेम के यौवन का नशा 2. प्रेम-मदिरा का प्याला 3. कण-कण का हृदय 4. ईश्वरीय ज्योति 5. प्रेम-सूर्य की झलक धन्य है 6. आंख और दिल 7. परिपूर्ण (सफल) प्रेम का स्वाद 8. कामना 9. आपादमस्तक दृष्टि 10.प्रेमीगण (आशिक़ का बहुवचन) 11. दृष्टि के बन्धन में बंधकर 12. कृपा, दया 13. सम्बद्ध 14. आसक्ति, लिप्तता, पाप से भीगा अंचल 15. मृदुलता, नज़ाकत 16. रूप-दर्शन में बाधक

मुझसे सुनो मआले-ग़मे-इन्तिहाए-इश्क़[1]
मैं साजे-इश्क़[2] हूं मेरी नज़रें सदाए-इश्क़[3]।
अल्लाह री ये शाने-फ़ना[4] वो बक़ाए[5]-इश्क़,
अब हुस्न आप जल्वा:नुमा हैं बजाए इश्क़।
वो जानता है इसको जो है आशनाए-इश्क़[6],
हर ज़र्रः है मुक़ाम पर अपने ख़ुदाए-इश्क़[7]।

नक़्शा बनकर इसे रहना है सुनो या न सुनो,
दिल की आवाज़ है ये दर्द की फ़रियाद नहीं।
ग़म सलामत है तो कर लेगा बहुत दिल पैदा,
सच कहा आपने हस्ती तेरी बर्बाद नहीं।
मेरी हस्ती[8] है, मेरी अर्ज़े-तमन्ना[9] ऐ दोस्त!
ख़ुद मैं फ़रियाद हूं मेरी कोई फ़रियाद नहीं।
देखना बेख़ुदीए-इश्क़[10] का ऐजाज़[11] 'जिगर',
कह रहा हूं वो फ़साना[12] जो मुझे याद नहीं।

इश्क़ का पैग़ामे-मस्ती[13], शौक़ की रूदाद[14] हूं,
ज़िन्दगी जिससे बरसती है मैं वो फ़रियाद हूं।
कुछ नहीं खुलता 'जिगर' राज़े-तिलिस्मे-कायनात[15],
मुझमें वो आबाद है या उसमें मैं आबाद हूं।

---

1. परिपूर्ण प्रेम के दुःख का परिणाम 2. प्रेम-बाद्य 3. प्रेम-वाणी 4. विनाश 5. अमरत्व 6. प्रेम-मुग्ध 7. प्रेम का ईश्वर 8. अस्तित्व 9. कामना की अभिव्यक्ति 10. प्रेम की अचेतनता 11. चमत्कार, करामात 12. कथा 13. प्रेम की मस्ती का सन्देश 14. कथा, वृत्तान्त 15. संसार के तिलिस्म (इन्द्रजाल) का रहस्य

शीशे से न रख मतलब ऐ साक़िए-मयख़ाना,
इन मस्त निगाहों से भर दे मेरा पैमाना।
आ जाए अगर अपनी ज़िद पर कोई दीवाना,
ख़ुद गिर्द[1] फिरे आकर का'बा हो कि बुतख़ाना।

❦

कुफ़्र का ही गर इन्सान को इर्फ़ां[2] हो जाय,
जिस जगह टेक दे सर का'बए-ईमां हो जाय।
तुम सुना दो किसी पर्दे से जो अपनी आवाज़,
रूहे-ख़्वाबीदा[3] अभी जिस्म में रक़्सां[4] हो जाय।
अर्श[5] तक हो नहीं सकती जो रसाई न सही,
यही इन्सां की है मे'राज[6] कि इन्सां हो जाय।

❦

दिल को किसी का ताबए - फ़र्मां[7] बनाइए,
दुश्वारिए - हयात[8] को आसां बनाइए,
दर्मां को दर्द दर्द को दर्मां बनाइए[9],
जिस तरह चाहिए मुझे हैरां बनाइए।
इक-इक लहू की बूंद में भर लीजे दर्दे-इश्क़[10],
जितनी रगें हैं सबको रगे - जां बनाइए।
दिल को उसी निगाह के कर दीजिए सुपुर्द,
गुलशन[11] बनाइए न बयाबां बनाइए।

❦

---

1. चतुर्दिक, आसपास 2. विवेक, तमीज़ 3. सुस्त 4. नर्तित 5. आकाश 6. पराकाष्ठा 7. आज्ञापालक 8. जीवन की कठिनाई 9. औषध को पीड़ा और पीड़ा को औषध बनाइए 10. प्रेम-व्यथा 11. पुष्पोद्यान

ख़ुद अपने अक्स[1] को अपने मुक़ाबिल देखने वाले,
ज़रा आंखें तो खोल ओ नक़्शे - बातिल[2] देखने वाले।
हक़ीक़त[3] को हक़ीक़त के मुक़ाबिल देखने वाले,
मुझे भी देख मेरी हस्तिए-दिल[4] देखने वाले।
नक़ूशे - पर्तवे - रंगीनिए - दिल[5] देखने वाले,
कभी ख़ुद को भी देख ओ ख़ुद से ग़ाफ़िल[6] देखने वाले।
मेरी हस्ती का हर ज़र्रा उड़ा जाता है मंज़िल से,
मेरा मुंह देखते हैं, जज़्बे - मंज़िल[7] देखने वाले।
उन्हें तह की ख़बर क्या? गौहरे-मक़सद[8] को क्या जानें,
ये सब हैं रक़्स मौजो-सुक्रो-साहिल[9] देखने वाले।
इधर बाहर क़दम पर हुस्ने-मंज़िल[10] तुझको दिखला दूं,
फ़लक[11] को यास[12] से मंज़िल-ब-मंज़िल देखने वाले।
इन्हीं में खींचकर रूहे - मुहब्बत[13] मैंने भर दी है,
मेरे अशआर[14] देखेंगे मेरा दिल देखने वाले।

तू राज़े - मुहब्बत[15] को समझा ही नहीं वर्ना,
पाबन्दिए - इन्सां ही आज़ादिए - इन्सां है।
सदक़े तेरे होंठों की रंगीनी - ओ - रअ़नाई[16],
यक मौजे - तबस्सुम[17] में कुल राज़े - गुलिस्तां[18] है।

---

1. परछाईं, प्रतिबिम्ब 2. असत् रूप 3. सत्य, ईश्वरत्व 4. दिल का अस्तित्व 5. दिल की रंगीनी का आभा की रूपरेखा 6. स्व के प्रति अचेत, आत्मविस्मृत, अपने को भूला हुआ 7. मंज़िल का आकर्षण 8. ध्येय का मोती 9. तट की मादकता और तरंगों का नृत्य 10. मंज़िल का सौन्दर्य 11. आकाश 12. निराशा 13. प्रेम की आत्मा, प्रेम-तत्त्व, प्रेम-सार 14. शेर का बहुवचन 15. प्रेम-रहस्य 16. छटा 17. मुस्कान की लहर 18. पुष्पोद्यान का रहस्य

यक शाहिदे-बेताबी[1] यक पैकरे-महबूबी[2],
हर दर्द में शामिल है हर सांस में पिनहीं है।

अब क्या उम्मीद रक्खूं ऐ हुस्ने-यार तुझसे,
तूने तो मुस्कराकर दीवाना कर दिया है।
जब दिल में आ गया है इक जुंबिशे-नज़र[3] ने,
दीवाना कह दिया है दीवाना कर दिया है।
तुझसे ख़ुदा ही समझे, तूने किसी को ऐ दिल!
मुझसे भी कुछ ज़ियादा दीवाना कर दिया है।

हम से रिन्दों[4] का ज़माने से जुदा मयख़ाना[5] है,
आस्मां ख़ुम[6] है फ़िज़ाए-आस्मां[7] पैमाना[8] है।
यक नुमूदे-मुज़्तरिब[9] यक जोशे-बेताबाना[10] है,
इश्क़ दीवाना सही क्या हुस्न भी दीवाना है।
अल्लाह-अल्लाह बेख़ुदीए-शौक़[11] की सूरतगरी[12],
हर क़दम पर उस तरफ़ का'बा इधर बुतख़ाना है।
पीके यक जामे-शराबे-शौक़[13] आंखें खुल गईं,
देखता हूं जिस तरफ़ मयख़ाना ही मयख़ाना है।
इश्क़ वहदत-आशना[14]-ओ-शौक़ सूरत-आफ़रीं[15],
इक नज़र अपनी ही का'बा इक नज़र बुतख़ाना है।

1. बेचैनी के गवाह 2. नाशूकीयत की आकृति 3. दृष्टि के आन्दोलन 4.पियक्कड़ों 5. मधुशाला 6. घर 7. नम की शोभा, रौनक़ 8. चषक 9. बेचैनी से भरा उदय 10. विकलता से भरा जोश 11. उत्कण्ठा की बेहोशी 12. चित्रांकन, रूप-सर्जन 13. शौक़ की मदिरा का पात्र 14. एक को जानने-पहचाननेवाला प्रेम 15. रूप-सृष्टि करनेवाली उत्कण्ठा

लज़्ज़ते-बाक़ी[1] को ऐ ज़ौक़े-फ़ना[2]! रहने भी दे,
कुछ तो बह्रे-इम्तियाज़े-जानो-जानां[3] चाहिए।
एक-दो चुल्लू में बुझती है कहीं रिन्दों की प्यास,
हर निगाहे-मस्ते-साक़ी साग़रस्तां[4] चाहिए।
आरज़ू-ओ-शौक़[5] तो है अंजुमन-दर-अंजुमन[6],
अब तेरा जल्वा गुलिस्तां-दर-गुलिस्तां चाहिए।
हुस्न की काफ़िर निगाहें इश्क़ का मासूम[7] दिल,
अब तुझे क्या ऐ हयाते-फ़ित्ना-सामां[8] चाहिए।
हुस्न बेताबे-तजल्ली ख़ुद[9] है लेकिन ऐ 'जिगर',
एक हल्का-सा हिजाबे-चश्मे-हैरां[10] चाहिए।

ये जज़्बे,शहादत[11] का हासिल[12] नज़र आता है,
जो पर्दा उठाता हूं क़ातिल नज़र आता है।
आलम मुझे नादीदा बिस्मिल[13] नज़र आता है,
बिस्मिल है वही जिसको क़ातिल नज़र आता है।
तस्दीक़े-हक़ीक़त[14] भी मुहताजे-हक़ीक़त[15] है,
बातिल[16] है नज़र जब तक बातिल नज़र आता है।

---

1. शेष स्वाद 2. विनाश की उत्कण्ठा या रसप्रियता 3. प्राण एवं प्राणप्रिया में भेद, विवेक 4. प्यालों का देश 5. कामना और उत्कण्ठा 6. गोष्ठी के अन्दर गोष्ठी 7 निरीह, निदोष 8. उपद्रवकर्ता के जीवन 9. सौन्दर्य स्वयं अपनी ज्योति दिखाने को उत्सुक है 10. चकित नथनों का पर्दा 11. कलि के आकर्षण 12. उपलब्धि 13. अदृश्य घायल 14. सत्य का प्रमाणीकरण 15. ही सत्य की अपेक्षा रखता है 16. झूठी

परवर्दए - तूफ़ां[1] को कश्ती की नहीं हाजत[2],
मौजों के तलातुम[3] में साहिल[4] नज़र आता है।

फ़िक्रे - मंज़िल है न होशे - जादए - मंज़िल[5] मुझे,
जा रहा हूं जिस तरफ़ ले जा रहा है दिल मुझे।
अब ज़ुबां भी दे अदाए-शुक्र[6] के क़ाबिल मुझे,
दर्द बख़्शा है अगर तूने बजाए दिल मुझे।
यूं तड़पकर दिल ने तड़पाया सरे-महफ़िल मुझे,
उसको क़ातिल कहने वाले कह उठे क़ातिल मुझे
अब किधर जाऊं बता ऐ जज़्बए-कामिल[7] मुझे,
हर तरफ़ से आज आती है सदा-ए-दिल[8] मुझे।
ख़ूने-दिल रग-रग में जमकर रह गया इस वहम[9] से,
बढ़के सीने से न लिपटा ले मेरा क़ातिल मुझे।
कैसा क़तरा, क़ैसा दरिया, किसका तूफ़ां, किसकी मौज,
तू जो चाहे तो डुबो दे ख़ुश्किए-साहिल[10] मुझे।
ये भी क्या मंज़र[11] है बढ़ते हैं न हटते हैं क़दम,
तक रहा हूं दूर से मंज़िल को मैं मंज़िल मुझे।

यक मये-बेनाम जो इस दिल के पैमाने में है
वो किसी शीशे में है साक़ी न मयख़ाने में है।
यूं तो साक़ी हर तरह की तेरे मयख़ाने में है,
वो भी थोड़ी-सी जो इन आंखों के पैमाने में है!

---

1. तूफ़ान में पले हुए 2. आवश्यकता 3. तरंगों का विवर्त 4. तट 5. पाथेय का होश 6. धन्यवाद-दान 7. पूर्णानुभूति 8. हृदय-बाणी 9. भ्रम 10. तट की शुष्कता 11. दश्य

एक ऐसा राज़[1] भी दिल के निहाँखाने[2] में है,
लुत्फ़[3] जिसका कुछ समझने में न समझाने में है।
एक कैफ़े - नातमामे - दर्द की लज़्ज़त[4] ही क्या,
दर्द की लज़्ज़त सरापा दर्द[5] बन जाने में है।
फिर निक़ाब उसने उलट कर रूह ताज़ा फूंक दी,
अब न का'बे में है सन्नाटा, न बुतख़ाने में है।
हुस्न की इक-इक अदा पर जानो-दिल सदक़े मगर,
लुत्फ़ कुछ दामन बचाकर ही गुज़र जाने में है।

जब से उसने फेर लीं नज़रें रंगे-तबाही आह न पूछ,
सीना ख़ाली आंखें वीरां[6] दिल को हालत क्या कहिए।
एक तजल्ली[7], एक तबस्सुम[8], एक निगाहे-बन्दानवाज़[9],
इससे ज़ियादा ऐ ग़मे-जानां[10]! दिल की कीमत क्या कहिए।

कोई न घर है अपना कोई न आस्तां[11] है,
हर शाख़ है नशेमन[12] हर फूल आशियां[13] है।
तू सामने है फिर भी बतला कि तू कहां है,
किस तरह तुझको देखूं नज़्ज़ारा[14] दरमियां[15] है।

1. रहस्य 2. गोपनीय कक्ष 3. आनन्द 4. अपूर्ण पीड़ा के आनन्द का स्वाद 5. आपादमस्तक पीड़ा 6 . उजाड़ 7. ज्योति 8. मुस्कान 9. दास.को कृतार्थ करनेवाली दृष्टि 10. प्रियतमा के ग़म (प्रेम) 11. स्थान 12. विश्राम-स्थान 13. नीड़ 14. दर्शन, दृश्य 15. मध्य

[वारदाते-जिगर]

तुझी से इब्तिदा[1] है तू ही इक दिन इन्तिहा[2] होगा,
सदाए-साज़[3] होगी और न साज़े-बेसदा[4] होगा।
हमें मालूम है हमसे सुनो मशहर[5] मैं क्या होगा,
सब उसको देखते होंगे वो हमको देखता होगा।
निगाहे-क़ह्न[6] पर भी जानो-दिल सब खोए बैठा है,
निगाहे-मेह्न[7] आशिक़ पर अगर होगी तो क्या होगा।
समझता क्या है तू दीवानगाने-इश्क़[8] को ज़ाहिद[9],
ये हो जाएंगे जिस जानिब[10] उसी जानिब ख़ुदा होगा।

एक रंगी निक़ाब ने मारा,
हुस्न बनकर हिजाब[11] ने मारा।
छुपते हैं और छुपा नहीं जाता,
इस अदाए-हिजाब ने मारा।

ख़ुद नज़र बन गई हिजाबे-नज़र[12],
हाय, इस बेहिजाब ने मारा।

---

1. आदि 2. अन्त 3. वाद्य-स्वर 4. मौन वाद्य 5. प्रलय 6. क्रुद्ध दृष्टि 7. दयादृष्टि 8. प्रेम के पगलों 9. तपस्वी 10. दिशा 11. लज्जा, पर्दा 12. दृष्टि का पर्दा

मैं तेरा अक्स[1] हूं कि तू मेरा,
इस सवालो-जवाब ने मारा।
मौत क्या? एक लफ़्ज़े-बेमानी[2],
जिसको मारा हयात[3] ने मारा।
सबको मारा 'जिगर' के शे'रों ने,
और 'जिगर' को शराब ने मारा।

तूने न उठाया रुख़े-नादीदा[4] से पर्दा,
दुनिया को तेरी हसरते-दीदार[5] ने मारा।
हां ऐ लबे-जांबख़्श[6]! दुहाई है दुहाई,
इन्कार से बढ़कर तेरे इक़रार[7] ने मारा।

जुज़[8] तेरे कुछ नज़र नहीं आता,
आरज़ू बन गई मुजस्सिम[9] क्या?
तेरा मिलना, तेरा नहीं मिलना,
और जन्नत[10] है क्या, जहन्नुम[11] क्या?
इश्क़े - ख़ामोश के मज़े हैं 'जिगर'
जोशे - फ़रियादो - शोरे - मातम क्या?

काम आख़िर जज़्बए बेइख़्तियार[12] आ ही गया,
दिल कुछ इस सूरत से तड़पा उनको प्यार आ ही गया।

---

1. प्रतिबिम्ब 2. निरर्थक शब्द 3. जीवन 4. अदृष्ट मुख 5, दर्शनेच्छा 6. प्राणदायी होंठ 7. स्वीकृति 8. सिवा 6. साकार 10. स्वर्ग 11. नरक 12. अनियन्त्रित भावना

हाय काफ़िर दिल को ये काफ़िर जुनूं-अंगेज़ियां[1],
तुमको प्यार आए न आए मुझको प्यार आ ही गया।
जान ही दे दी 'जिगर' ने आज पाये-यार[2] पर,
उम्र-भर की बेक़रारी को क़रार[3] आ ही गया।

किस नज़र से आज वो देखा किया,
दिल मेरा डूबा किया उछला किया।
तूने सौ - सौ रंग से पर्दा किया,
देखने वाला तुझे देखा किया।
उनके जाते ही ये हैरत छा गई,
जिस तरफ़ देखा किया देखा किया।

पर्दए - शौक़[4] से इक बर्क़[5] तड़प कर निकली,
याद करने की तरह से उन्हें जब याद किया।
मेहरबां हम पे रही चश्मे-सुख़नगो[6] उनकी,
जब मिली आंख निगाहों ने कुछ इर्शाद[7] किया।
दिल का क्या हाल कहूं जोशे-जुनूं के हाथों,
यक[8] घरौंदा - सा बनाया कभी बर्बाद किया।

मैं बनूं किसलिए न मस्ते-शराब,
क्यों मुजस्सिम[9] कोई शबाब[10] हुआ।

---

1. पागलपन 2. प्रिय के क़दम 3. चैन 4. उत्कण्ठा का पर्दा 5. बिजली 6. बोलनेवाली आंखें 7. आदेश 9. एक ह. साकार 10. तरुणाई, जवानी

दिल की हर चीज़ जगमगा उट्ठी,
आज शायद वो बेनिक़ाब[1] हुआ।
तूने जिस अश्क[2] पर नज़र डाली,
जोश खाकर वही शराब हुआ।

अर्ज़ो-नियाज़े-ग़म[3] को लबआशना[4] न करना,
ये भी इक इल्तिजा[5] है कुछ इल्तिजा न करना।
जब याद आ गया है पहरों रुला गया है,
दिल का वो मुझसे कहना मुझको जुदा न करना।
तेरे 'जिगर' की तुझसे इक इल्तिजा यही है,
अपने 'जिगर' को अपने दिल से जुदा न करना।

मेरा जो हाल हो सो हो बर्क़े-नज़र[6] गिराए जा,
मैं यूं ही नालाकश[7] रहूं, तू यूं ही मुस्कराए जा।
दिल के हर एक गोशा[8] में आग-सी इक लगाए जा,
मुतरिबे-आतशींनवा[9]! हां इसी धुन में गाए जा।
जितनी भी आज पी सकूं उज़्र[10] न कर पिलाए जा,
मस्त नज़र का वास्ता मस्त नज़र बनाए जा।

निगाहों से छुपकर कहां जाइएगा,
जहां जाइएगा हमें पाइएगा।

---

1. बेपर्दा, निरावरण 2. आंसू 3. पीड़ा और दुःख की प्रार्थना 4. होंठों से परिचित (कहना) 5. विनय 6. दृष्टि-विद्युत् 7. रोता 8. कोना 9. अग्निरागी गायक 10. आनाकानी

मेरा जब बुरा हाल सुन पाइएगा,
ख़रामा - ख़रामां चले आइएगा।
हमीं जब न होंगे तो क्या रंगे-महफ़िल,
किसे देखकर आप शर्माइएगा।
मुहब्बत मुहब्बत ही रहती है लेकिन,
कहां तक तबीयत को बहलाइएगा।

नज़र मिलाके मेरे पास आके लूट लिया,
नज़र हटी थी कि फिर मुस्कराके लूट लिया।
शिकस्ते-हुस्न का जल्वा[1] दिखाके लूट लिया,
निगाह नीची किए सर झुकाके लूट लिया।
दुहाई है मेरे अल्लाह की दुहाई है,
किसीने मुझसे भी मुझको छुपाके लूट लिया।
सलाम उस पर कि जिसने उठाके पर्दा-ए-दिल,
मुझी में रहके मुझी में समाके लूट लिया।
निगाह डाल दी किस पर हसीन आंखों ने,
उसे भी हुस्ने-मुजस्सिम[2] बनाके लूट लिया।
बड़े वो आए दिलो - जां को लूटनेवाले,
नज़र से छेड़ दिया गुदगुदाके लूट लिया।
न लुटते हम मगर उन मस्त अंखड़ियों ने 'जिगर',
नज़र बचाते हुए डबडबाके लूट लिया।

ज़ुबां ख़ामोश, नज़र बेक़रार, चेहरा फ़क़,
तुझे भी क्या तेरी काफ़िर अदा ने लूट लिया।

1. परास्त सौन्दर्य की आभा 2. साकार सौन्दर्य

न अब ख़ुदी का पता है न बेख़दी का 'जिगर',
हर एक लुत्फ़ को लुत्फ़े-ख़ुदा[1] ने लूट लिया।

अब तो ये भी नहीं रहा एहसास[2],
दर्द होता है या नहीं होता।
वो हमारे क़रीब होते हैं,
जब हमारा पता नहीं होता।

हर दम दुआएं देना हर लहज़ा आहें भरना,
उनका भी काम करना अपना भी काम करना।
जो ज़ीस्त[3] को न समझें जो मौत को न जानें,
जीना उन्हीं का जीना मरना उन्हीं का मरना।
दरिया की ज़िन्दगी पर सदक़े[4] हज़ार जानें,
मुझको नहीं गवारा[5] साहिल[6] को मौत मरना।

उस चश्मे-मस्त[7] ने मुझे मख़्मूर[8] कर दिया,
मैंने नज़र मिलाके उसे चूर कर दिया।
मैं उनका हो गया उन्हें मसरूर[9] कर दिया,
वो मेरे बन गए मुझे मग़रूर[10] कर दिया।
सरशार[11], मस्त, बेख़ुदो-मसहूर[12] कर दिया।
ख़ुद हो गए क़रीब मुझे दूर कर दिया।

---

1. ईश्वरीय आनन्द 2. अनुभूति 3. जीवन 4. न्योछावर 5. मंज़ूर 6. तट 7. मस्ती-भरे नयन 8. नशीला, नशे से चूर 9. आह्लादित 10. गर्वित 11. छका हुआ 12. जादू से प्रभावित

हुस्ने - अजल[1] तो आज भी बेपर्दा है मगर,
नज़्ज़ारा के हुजूम[2] ने मस्तूर[3] कर दिया।
तोबा तो कर चुका था मगर इसका क्या इलाज,
वाइज़[4] की ज़िद ने फिर मुझे मजबूर कर दिया।

अब कहां ज़माने में दूसरा जवाब उनका,
फ़स्ले-हुस्न[5] है उनकी मौसमे - शबाब[6] उनका।
औज[7] पर जमाल[8] उनका जोश पर शबाब उनका,
अह्दे-माहताब[9] उनका दौरे-आफ़ताब[10] उनका।
अर्ज़े-शौक़ पर मेरे पहले कुछ इताब[11] उनका,
ख़ास इक अदा के साथ उफ़ वो फिर हिजाब उनका।
फूल मुस्कराते हैं दिल पे चोट पड़ती है,
हाय वो रुखे-खन्दां[12] उफ़ रे वो शबाब उनका।
इस तरह से हूं ग़ारत हाय इश्क़ की ग़फ़लत,
जां कि है सदा[13] उनकी दिल कि है रबाब[14] उनका।
रंगो बू के पर्दे में कौन फूट निकला है,
छुप सका छुपाए क्या फिर कहीं शबाब उनका।
जैसे हुस्न की देवी झांकती हो चिलमन[15] से,
नीमवाही[16] आंखों में उफ़ वो कैफ़े-ख़्वाब[17] उनका।

तुम इस दिले वहशी[18] की वफ़ाओं पे न जाना,
अपना न रहा जो वो किसी का न रहेगा।

---

1. आदि सौन्दर्य 2. दृश्य-पुंज 3. प्रच्छन्न 4. उपदेशक 5. सौन्दर्य की ऋतु 6. जवानी का मौसम 7. उत्थान 8. सौन्दर्य, सुषमा 9. चन्द्र-युग 10. सूर्य-युग 11. कोप 12. हंसता मुख 13. आवाज़ 14. वाद्य-विशेष (सितार) 15. ओट, पर्दा, चिक 16. अधखुली 17. स्वप्न-स्थिति 18, चंचल हृदय

मिट जाएगी जिस दिन मेरे सिज्दों की हक़ीक़त,
दुनिया में तेरा नक़्शे-कफ़े-पा[1] न रहेगा।
बेपर्दगिए - हुस्न[2] से हैं सब ये हिजाबात[3],
पर्दा जो गिरा दोहे तो पर्दा न रहेगा।
वो लाख मिटाते रहें दुनियाए - तमन्ना[4],
कहते हैं जिसे दिल कभी तनहा[5] न रहेगा।
माना लबे - नाज़ुक[6] को वो तकलीफ़ न देंगे,
आंखों से भी क्या कोई इशारा न रहेगा।

कुछ कहूं तो क्या कहूं किससे कहूं,
मैं ही ख़ुद अपना सवाल अपना जवाब।
पूछना क्या? चश्मे - बीना[7] हो तो देख,
दिल के हर ज़र्रे में हैं लाखों आफ़ताब[8]।
इश्क़ क्या है पर्तवे - हुस्ने - तमाम[9],
शौक़ क्या है हुस्न का अक्से - शबाब[10]।

तेरी ख़बर नहीं मगर इतनी तो है ख़बर,
तू इब्तिदा[11] से पहिले है तू इन्तिहा के बाद।

1. चरण-चिह्न 2. सौन्दर्य की बेपर्दगी 3. लज्जाएं, पर्दे 4. कामना का संसार 5. अकेला 6. पतले होंठ 7. ज्ञान-दृष्टि 8. सूर्य 9. पूर्ण सौन्दर्य की आशा 10. यौवन की परछाई 11. आदि

शायद इसी का नाम मुक़ामे - फ़ना न हो,
नाज़ुक-सा होता जाता है दिल हर सदा के बाद।
हां, फिर उन्हीं हसीन निगाहों का वास्ता,
थोड़ा-सा ज़हर भी मेरी ख़ातिर दवा के बाद।

हुजूमे - तजल्ली[1] से मामूर[2] होकर,
नज़र रह गई शो'ला-ए-तूर[3] होकर।
तुम्हें भी ख़बर है जो तुम कह गए हो,
ख़ुद अपनी अदाओं से मसहूर[4] होकर।
ख़बर भी है तुम क्या से क्या हो गए हो,
ज़-सरता-क़दम[5] हुस्ने - मजबूर होकर।
वही नूर[6] में है वही नाज़ में है,
कभी नाज़ होकर कभी नूर होकर।
तजाहुल[7], तग़ाफ़ुल[8], तबस्सुम[9], तकल्लुम[10],
यहां तक तो पहुंचे वो मजबूर होकर।

शाम से आ गए जो पीने पर,
सुबह तक आफ़ताब[11] हैं हम लोग।
तू हमारा जवाब है तनहा,
और तेरा जवाब हैं हम लोग।

---

1. ज्योति-पुंज 2. परिपूर्ण 3. तूर पर्वत पर हज़रत मूसा द्वारा देखी गई ज्योति (ईश्वरीय ज्योति) 4. जादू से प्रभावित 5. आगदमस्तक 6. ज्योति 7. जान-बूझकर अनजान बनना 8. उदासीनता, बेतवज्जुही 9. मुस्कान 10. वार्तालाप 11. सूर्य

गो सरापा हिजाब[1] हैं फिर भी,
तेरे रुख़ की निक़ाब हैं हम लोग।
जब मिली आंख होश खो बैठे,
कितने हाज़िर-जवाब हैं हम लोग।

तू भी ओ नाआशनाए-दर्दे-दिल[2],
काश होता मुब्तलाए-दर्दे-दिल[3]।
अल्लाह-अल्लाह इन्तहाए-दर्दे-दिल[4],
अब तुम्हीं तुम हो बजाए दर्दे-दिल[5]।

मुझसे कुछ दिल ने कहा था अभी सच हो कि न हो,
हुस्ने-काफ़िर[6] तेरी मासूम शरारत[7] की क़सम।
ज़ुल्म क्या अब तो करम[8] भी है गवारा[9] मुझको,
तेरी इस अश्क-भरी चश्मे-नदामत[10] की क़सम।
मुझसे छुपना तुझे ज़ेबा[11] नहीं ऐ पैकरे हुस्न[12]!
मैं मुहब्बत ही मुहब्बत हूं मुहब्बत की क़सम।

अब उनका क्या भरोसा वो आएं या न आएं,
आ ऐ ग़मे - मुहब्बत तुझको गले लगाएं।
बैठा हूं मस्तो-बेख़ुद[13] ख़ामोश[14] हैं फ़ज़ाएं[15],
कानों में आ रही हैं भूली हुई सदाएं[16]।

1. आपादमस्तक लज्जा 2. हृदय-पीड़ा से अपरिचित 3. हृदय-वेदना से पीड़ित 4. हृदय-वेदना की सीमा 5. हृदय-वेदना की जगह 6. निर्दय सौन्दर्य 7. निर्दोष शरारत 8. कृपा 9. सह्य 10. अश्रुपूर्ण लज्जित आंखों 11. शोभित .12. सौन्दर्य-मूर्ति 13. आत्मविस्मृत 14. मौन 15. वातावरण, प्राकृतिक शोभाएं 16. बोलियां

सब उनपे हैं तसद्दुक़[1] वो सामने तो आएं,
अश्कों की आर्ज़ूएं[2] आंखों की इल्तिजाएं[3]।
अशआ़र[4] बनके निकलीं जो सीनए - 'जिगर' से,
सब हुस्ने - यार की थीं बेसाख़्ता[5] अदाएं।

किधर है तेरा ख़याल? ऐ दिल!
ये वहम क्या-क्या समा रहे हैं,
नज़र उठाकर तो देख ज़ालिम!
खड़े वो क्या मुस्करा रहे हैं।

कहां की दीद और किसका इर्फ़ां[6],
हवास गुम हैं नज़र परीशां,
जो एक पर्दा उठा रहे हैं,
तो लाख पर्दे गिरा रहे हैं।
गुलों से मस्ती छलक रही है
सर अपना बुलबुल पटक रही है,
'जिगर' किसी गोशए - चमन में
ग़ज़ल कोई अपनी गा रहे हैं।

मुहब्बत असर करती है चुपके-चुपके,
मुहब्बत की ख़ामोश चिंगारियां हैं।
तग़ाफ़ुल है यक शाने-महबूब[7] लेकिन,
तग़ाफ़ुल में पिनहीं[8] ख़बरदारियां हैं।

1. उत्सर्ग 2-3. अश्रुपूर्ण कामनाएं और नयनों के निवेदन 4. शेर का बहुवचन 5. अनायास 6. आध्यात्मिक ज्ञान, विवेक 7. प्रियतम की विभूति 8.छुपी

क़दम डगमगाए, नज़र बहकी-बहकी,
जवानी का आ़लम है सरशारियां[1] हैं।

ख़ताओं[2] से पहले पशेमानियां[3] हैं,
मुहब्बत की मासूम नादानियां हैं।
ग़ज़ब में फंसी हैं मेरा साथ देकर,
परीशानियों को परीशानियां हैं।

नियाज़ों[4]-नाज़ के झगड़े मिटाए जाते हैं,
हम उनमें और वो हममें समाए जाते हैं।
यह नाज़े-हुस्न तो देखो कि दिल को तड़पाकर,
नज़र मिलाते नहीं मुस्कराए जाते हैं।
मेरे जुनूने-तमन्ना[5] का कुछ ख़याल नहीं,
लजाए जाते हैं दामन छुड़ाए जाते हैं।
मेरी तलब भी उसी के करम का सद्क़ा है,
क़दम ये उठते नहीं हैं, उठाए जाते हैं।

नियाज़े-आशिक़ी[6] को नाज़ के क़ाबिल समझते हैं,
हम अपने दिल को भी अब आप ही का दिल समझते हैं।
इलाही! एक दिल है तू ही इसका फ़ैसला कर दे,
वो अपना दिल बताते हैं, हम अपना दिल समझते हैं।

ख़ुद अपने हुस्न की तासीर[7] को वो क्या जानें,
तेरी निगाह है ज़ालिम मेरी निगाह नहीं।

1. मस्तियां, नशे में धुत होना 2. आराधों 3. अनुताप, लज्जा 4. प्रार्थना 5. अभिलाषा का पागलपन 6. प्रेम की प्रार्थना 7. प्रभाव

हज़ार चश्मे-इनायत[1] हो फिर भी क्या हासिल,
वो एक शै[2] भी अगर शामिले-निगाह नहीं।

वो क्या देख सकते हैं अपनी अदाएं,
हमीं देखते हैं जो हम देखते हैं।
निगाहे-मुहब्बत दिखाती है सब कुछ,
न तुम देखते हो न हम देखते हैं।

मुहब्बत की मुहब्बत तक ही जो दुनिया समझते हैं,
ख़ुदा जाने वो क्या समझे हुए हैं क्या समझते हैं।
जमाले-रंगो-बू[3] तक हुस्न की दुनिया समझते हैं,
जो सिर्फ़ इतना समझते हैं वो आख़िर क्या समझते हैं।
कमाले-तश्नगी[4] से ही बुझा लेते हैं प्यास अपनी,
इसी तपते हुए सहरा को हम दरिया समझते हैं।
निगाहे-शौक़ ही कुछ जानती है राज़े-मस्तूरी[5],
वो ख़ुद जल्वा है उनका सब जिसे पर्दा समझते हैं।
इशारों में लुटा देते हैं दौलत दीनो-दुनिया की,
मगर अपनी मुहब्बत को वो ख़ुद अपना समझते हैं।
मय-ो-मीना[6] के पर्दे उनको धोका दे नहीं सकते,
अज़ल[7] के दिन से जो राज़े मय-ो-मीना समझते हैं।
ख़बर इसकी नहीं उन ख़ामकाराने-मुहब्बत[8] को,
उसी को दुःख भी देते हैं जिसे अपना समझते हैं।

1. कृपापूर्ण आंखें 2. वस्तु 3. रंग और सुगन्ध के सौन्दर्य (रूप-जगत्) 4. प्यास की पराकाष्ठा 5. प्रच्छन्न रहस्य 6. मद्य और बड़ा मद्यपात्र, सुराही, कंटर 7. सृष्टि के आदि 8. प्रेम के अनुभवहीनों या प्रेमापराधियों

कभी इन मदभरी आंखों से पिया था यक जाम[1],
आज तक होश नहीं, होश नहीं, होश नहीं।
अपने ही हुस्न का दीवाना बना फिरता हूं,
मेरी आग़ोश को अब हसरते-आग़ोश[2] नहीं।
महवे-तस्बीहर[3] तो सब हैं मगर इद्राक[4] कहां,
ज़िन्दगी ख़ुद भी इबादत[5] है मगर होश नहीं।

जज़्बे-दिल[6] मुमकिन नहीं तो चश्मे-दिल ही अ़ता करें[7],
वो हमें देखें न देखें हम उन्हें देखा करें।
ऐ मैं क़ुर्बां मिल गया अर्ज़े-मुहब्बत का सिला[8],
हां, इसी अंदाज़ से कह दो तो फिर हम क्या करें।

अल्लाह-अल्लाह इश्क़ की रानाइयां[9],
हुस्न ख़ुद लेने लगा अंगड़ाइयां।
हाय वो ग़म की करमफ़ाइयां[10],
भीगी रातें और वो तनहाइयां।
दिल की चोटें उभरी आती हैं तमाम,
इश्क़ की चलने लगीं पुरवाइयां।
सामने जैसे वो ख़ुद हैं जल्वागर,
अल्लाह-अल्लाह ये हिजाब-आराइयां[11]।
अब कहां इन्सां जिसे इन्सां कहें,
चलती फिरती देख लो परछाइयां।

---

1. एक प्याला 2. आलिंगन की आकांक्षा 3. माला फेरने में लीन 4. अगोचर वस्तुओं का अनुभव 5. उपासना 6. हृदयलीनता (ब्रह्मलीनता, तल्लीनता) 7. हृदय के नयन ही प्रदान करें 8. प्रेम-निवेदन का पुरस्कार 9. प्रेम की छटाएं 10. कृपाएं, कृपालुताएं 11. छिपने की कलाएं, पर्दादारियां।

निगाहों का मर्कज़[1] बना जा रहा हूं,
मुहब्बत के हाथों लुटा जा रहा हूं।
मैं क़तरा[2] हूं लेकिन बाआग़ोशे-दरिया[3],
अज़ल[4] से अबद[5] तक बहा जा रहा हूं।
वही हुस्न जिसके हैं ये सब मज़ाहिर[6],
उसी हुस्न में हल हुआ जा रहा हूं।
न जाने कहां से न जाने किधर को,
बस इक अपनी धुन में उड़ा जा रहा हूं।
मेरे पास आओ, ये क्या सामने हूं,
मेरी सिम्त देखो ये क्या जा रहा हूं।
निगाहों में मंज़िल मेरी फिर रही है,
यूंही गिरता - पड़ता चला जा रहा हूं।
तेरी मस्त नज़रें ग़ज़ब ढा रही हैं,
ये आ़लम है जैसे उड़ा जा रहा हूं।
न इद्राके - हस्ती[7] न एहसासे - मस्ती[8],
जिधर चल पड़ा हूं चला जा रहा हूं।
न सूरत न मानी[9] न पैदा न पिनहां[10],
ये किस हुस्न में गुम हुआ जा रहा हूं।

जो न का'बा में है महदूद[11] न बुतख़ाने में,
हाय वो और यक उजड़े हुए काशाने[12] में।

1. केन्द्र 2. जलबिन्दु 3. समुद्र की गोद में 4. सृष्टि का आदिकाल 5. अनन्त 6. प्रकट होने के स्थान, अभिव्यक्तियां 7. जीवन का विवेक 8. मस्ती की अनुभूति 9. न रूप, न अर्थ 10. न व्यक्त, न अव्यक्त 11. सीमित 12. गृह

हम कहीं आते हैं वाइज़ तेरे बहकाने में,
इसी मयख़ाने की मिट्टी इसी मयख़ाने में।

मेरी हस्ती शौक़-पैहम[1], मेरी फ़ितरत[2] इज़्तिराब[3],
कोई मंज़िल हो मगर गुज़रा चला जाता हूं मैं।
हाय री मजबूरियां तर्के - मुहब्बत[4] के लिए,
मुझको समझाते हैं वो और उनको समझाता हूं मैं।
देखना इस इश्क़ की ये तुफ़ांकारी[5] देखना,
वो ज़फ़ा[6] करते हैं मुझपर और शर्माता हूं मैं।
एक दिल है और तूफ़ाने - हवादिस[7] ऐ 'जिगर',
एक शीशा है कि हर पत्थर से टकराता हूं मैं।

दुआए - मर्ग[8] तो मांगी है आज घबराकर,
मैं क्या करूंगा जो ये भी उसे क़ुबूल न हो।
जिसे हम अपनी मुहब्बत का ज़ख़्म कहते हैं,
तेरे ही आरिज़े - रंगों[9] का कोई फूल न हो।

सितम हो, क़हृ हो, आफ़त, बला हो,
ये सब कुछ हो, मगर फिर दिलरुबा[10] हो।
किसी के ग़म में कोई रो रहा हो,
कोई पर्दे से छुपकर देखता हो।

---

1. निरन्तर उत्कण्ठा 2. प्रकति 3. बेचैनी, बेकली 4. प्रेम-परित्याग 5. आश्चर्यजनक कार्य 6. अत्याचार 7. दुर्घटनाओं की बाढ़ 8. मृत्यु की प्रार्थना 9. आरंग कपोल 10. प्रियतम

बताओ, क्या तुम्हारे दिल पे गुज़रे,
अगर कोई तुम्हीं - सा बेवफ़ा हो।

हुस्न के हाथ में गर इश्क़ की तलवार न हो,
कोई यूं झूम के सर देने को तैयार न हो।
हूं ख़तावार[1], सियहकार[2], गुनहगार[3] मगर,
किसको बख़्शे तेरी रहमत[4] जो गुनहगार न हो।

इश्क़ में फुर्क़त[5] - ओ - क़ुर्बत[6] हैं बराबर दोनों,
ये क़यामत का समां है वो बला का नक़्शा।
तूने देखा ही नहीं तुझसे कहूं क्या ज़ाहिद,
हाय, उन शोख़ निगाहों में हया[7] का नक़्शा।

आस्तीनों का वो चढ़ा लेना,
गोरी - गोरी कलाइयां तोबा।
नज़रों-नज़रों में सरगुज़श्ते-फ़िराक़[8],
दोनों जानिब दुहाइयां तोबा।
फिर वो इक बेख़ुदी के ख़ालम[9] में,
मिल के बाहम[10] जुदाइयां तोबा।

यक शौक़े-दीद[11] बेहद सब कुछ दिखा रहा है,
कोई न आ रहा है कोई न जा रहा है।

---

1. दोषी 2. पापी 3. अपराधी 4. दशा 5. विरह 6. सान्निध्य 7. लज्जा 8. विरह-कथा, विरहकाल की बातें 9. आत्मविस्मृति की अवस्था 10. परस्पर जुदा (वियुक्त) होना 11. दर्शनोत्कण्ठा

मेराजे-शौक़[1] कहिए या हासिले-तसव्वुर[2],
जिस सिम्त[3] देखता हूं तू मुस्करा रहा है।
उनकी वो आमद आमद[4] अपना यहां ये आलम,
इक रंग आ रहा है इक रंग जा रहा है।
जब हुस्नो-इश्क़ दोनों रोया करेंगे मुझको,
वह भी 'जिगर' ज़माना नज़दीक आ रहा है।

ये बात क्या कि हक़ीक़त[5] वही मजाज़[6] वही,
मजाज़ है तो फिर इसको मजाज़ रहने दे।
मैं अपनी जान तो क़ुर्बान कर चुकूं तुझपे, ये
चश्मे-मस्त[7] अभी नीमबाज़[8] रहने दे।

हर सितम है करम के पर्दे में,
इस सितम की कोई मिसाल[9] भी है।
दिल को बर्बाद करके बैठा हूं,
कुछ ख़ुशी भी है कुछ मलाल भी है।

अब क्या जवाब दूं मैं कोई मुझे बता दे,
वो मुझसे कह रहे हैं क्यों मेरी आरज़ू की।
पर्दा जब उठ गया है देखा यही है अक्सर[10],
अपनी ही आरज़ू में अपनी ही जुस्तजू[11] की।

---

1. उत्कएठा की पराकाष्ठा, उत्कण्ठा का उत्थान 2. कल्पना या ध्यान की उपलब्धि 3. दिशा, ओर 4. आगमन 5. ईश्वरत्व, सत्य 6. इन्द्रियलब्ध जगत्, मायिक संसार 7. मस्त नयन 8. अधखुले 9. उदाहरण, उपमा 10. प्रायः 11. खोज

बस एक सिम्त उड़ा जा रहा हूं वहशत[1] में,
ख़बर नहीं कि ख़ुदी क्या है बेख़ुदी क्या है।
लबों पे मौजे-तबस्सुम[2] निगह में बर्क़े-ग़ज़ब[3],
कोई बताए ये अन्दाज़े-बरहमी[4] क्या है?

❧

मूसा की तरह कौन सुने लंतरानियां[5],
बेऐब है जो हुस्न तो पर्दा न कीजिए।
या देखकर न देखे कुछ मासिवाए-दोस्त[6],
या देखने की तरह से देखा न कीजिए।
हर जल्वा है बजाय ख़ुद[7] इक दावते-निगाह[8],
क्या कीजिए जो तेरी तमन्ना न कीजिए।
यूं चश्मे-शौक़ देख ही लेती है कुछ न कुछ,
पर्दे का है ख़याल तो पर्दा न कीजिए।

❧

दूर जाकर देखते नज़दीक आकर देखते,
हमसे हो सकता तो हम उनको बराबर देखते।
फ़ितरते-मजबूरी[9] पर क़ाबू ही कुछ चलता नहीं,
वर्ना हम तो तुझसे भी तुझको छुपाकर देखते।
मेरे चुप रहने से क्या वो बाज़ रहते छेड़ से,
मुस्कराकर देखते फिर मुस्कराकर देखते।

---

1. पागलपन 2. मुस्कान-तरंग 3. क्रोध को बिजली 4. कोध का तरीका 5. ऊंची बातें 6. मित्र (प्रिय) के अतिरिक्त 7. स्वयं अपने में 8. दृष्टि के लिए निमन्त्रण 9. विवशतापूर्ण प्रकृति

या मज़ाक़े-दीद[1] की तुहमत[2] न लेते ऐ 'जिगर',
या मुजस्सिम दिल[3] सरापा[4] आंख बनकर देखते।

वो कौन है ऐसा कि तेरी शक्ल दिखा दे,
एहसान है उसका जो मुझे मुझसे मिला दे।
तू हुस्न है मैं इश्क़ हूं, तू जान है मैं जिस्म[5],
किसकी है ये ताक़त कि मुझे तुझसे छुड़ा दे।

मैं इश्क़-बेनियाज़[6] हूं तुम हुस्ने - बेपनाह[7],
मेरा जवाब है न तुम्हारा जवाब है।
मेरी निगाहे-शौक़ भी कुछ कम नहीं मगर,
फिर भी तेरा शबाब[8] तेरा ही शबाब है।

जिस रंग में देखो उसे वो पर्दानशीं है,
और इसपे ये पर्दा है कि पर्दा ही नहीं है।
हर एक मकां में कोई इस तरह मकीं[9] है,
पूछो तो कहीं भी नहीं देखो तो यहीं है।
क्या ज़ौक़ है क्या शौक़ है, क्या रब्त है क्या ज़ब्त,
सिज्दा[10] है जबीं[11] में, कभी सिज्दा में जबीं है।

वो ज़ुल्फ़ें दोश[12] तक बिखरी हुई हैं,
जहाने-आरज़ू[13] थर्रा रहा है।

---

1. दृश्याभिरुचि 2. निन्दा 3. साकार हृदय 4. आपादमस्तक नयन 5. देह 6. अभिलाषाहीन प्रेम 7. वह सौन्दर्य जिससे रक्षा न हो सके 8. यौवन 9. गही, निवासी 10. प्रणिपात 11. माथा 12. कन्धे 13. कामना-जगत्

वो ख़ुद तस्कीने-ख़ातिर[1] कर रहे हैं,
मगर दिल है कि डूबा जा रहा है।
कली कोई जहां पर खिल रही है,
वहीं इक फूल भी मुरझा रहा है।
तबीयत है कि ठहरी जा रही है,
ज़माना है कि गुज़रा जा रहा है।

जो बजाय ख़ुद[2] आह होती है,
हाय वो क्या निगाह होती है।
इक नज़र दिल को सिम्त देख तो लो,
कैसे दुनिया तबाह होती है।
यूं न पर्दा करो ख़ुदा के लिए,
देखो दुनिया तबाह होती है।
वो भी है यक मुक़ामे-इश्क़ जहां,
हर तमन्ना गुनाह होती है।
हासिले-हुस्नो-इश्क़[3] उसे समझो,
वो जो पहली निगाह होती है।
एक ऐसा भी वक़्त होता है,
मुस्कराहट भी आह होती है।

ख़ुब रो ले फिराक़[4] में ऐ दिल!
कुछ तबीयत संभल ही जाती है।

---

1. हृदय को दिलासा 2. स्वयं अपने में 3. सौन्दर्य एवं प्रेम की उपलब्धियां या पुरस्कार 4. विरह

फ़ितरते - हुस्न[1] लाख पत्थर हो,
इक न इक दिन पिघल ही जाती है।

❦

क्या बताऊं इश्क़ ज़ालिम क्या क़यामत ढाए है,
ये समझ लो जैसे दिल सीने से निकला जाए है।
जब नहीं तुम तो तसव्वुर भी तुम्हारा क्या ज़रूर,
उससे भी कह दो कि ये तकलीफ़ क्यों फ़र्माए है।
हाय वो आ़लम न पूछो इज़्तिराबे - इश्क़[2] का,
यक ब यक जिस वक़्त कुछ-कुछ होश-सा आ जाए है।
किस तरफ़ जाऊं, किधर देखूं, किसे आवाज़ दूं,
ऐ हुजूमे - नामुरादी[3] जी बहुत घबराए है।

❦

हर इक से बेगाना बन रहे हैं किसीकी जानिब नज़र नहीं है,
ख़बर को रखते हैं इस तरह से कि जैसे कोई ख़बर नहीं है।
शबाब मयकश[4], जमाल मयकश, ख़याल मयकश, निगाह मयकश,
ख़बर वो रक्खेंगे क्या किसीकी उन्हें ख़ुद अपनी ख़बर नहीं है।

❦

फ़नाए - इश्क़[5] को रंगे-बक़ा[6] दिया तूने,
हयातो-मौ त को यकजा दिखा दिया तूने।
हज़ार दिल को मिटाकर दिया मुझे इक दर्द,
इस एक दर्द को फिर दिल बना दिया तूने।

❦

1. सौन्दर्य की प्रकृति 2. प्रेम की बेचैनी 3. असफल मनोरथों के पुंज 4. उन्मत्त, शराब पिए हुए, यौवन 5. प्रेम की नाशवानता 6. अमरता का रंग 7. जीवन और मत्यु

अब तो ख़ल्वत[1] में भी उठता नहीं चेहरे से निक़ाब,
डर ये है कोई पसे - पर्दए - दर[2] देख न ले।
मैं तो इस छुपने के सदक़े कि ये अब ज़िद है उन्हें,
हुस्न को इश्क़ की सूरत में 'जिगर' देख न ले।

तेरी ख़ुशी से अगर ग़म में भी ख़ुशी न हुई,
वो ज़िन्दगी तो मुहब्बत की ज़िन्दगी न हुई।
ठहर - ठहर दिले - बेताब प्यार तो कर लूं,
अब उसके बाद मुलाक़ात फिर हुई न हुई।
इधर से भी है सिवा कुछ उधर की मजबूरी,
कि हमने आह तो की उनसे आह भी न हुई।

ज़ख़्म वो दिल पे लगा है कि दिखाए न बने,
और चाहें कि छुपा लें तो छुपाए न बने।
किस क़दर हुस्न भी मज्बूरे - कशाकश[3] है कि आह,
मुंह छुपाए न बने, सामने आए न बने।
हाय वो आलमे-पुरशौक़[4] कि जिस वक़्त 'जिगर',
उसकी तस्वीर भी सीने से लगाए न बने।

कौन ये जाने तमन्ना इश्क़ की मंज़िल में है,
जो तमन्ना दिल से निकली फिर जो देखा दिल में है।
उठ गया आख़िर मुहब्बत का भी पर्दा उठ गया,
अब न मेरे दिल में हसरत है न उनके दिल में है।

1. एकान्त 2. पर्दे के पीछे 3. संघर्ष-विवश 4. उत्कण्ठापूर्ण अवस्था

आए ज़ुबां पे राज़े-मुहब्बत[1] मजाल है,
तुमसे मुझे अज़ीज़[2] तुम्हारा ख़याल है।
कम्बख़्त इस जुनूने-मुहब्बत[3] को क्या करूं,
मेरा ख़याल है न तुम्हारा ख़याल है।

इक लफ़्ज़े-मुहब्बत का अदना[4] ये फ़साना है,
सिमटे तो दिले-आशिक़[5], फैले तो ज़माना है।
ये किसका तसव्वुर है, ये किसका फ़साना है,
जो अश्क है आंखों में तस्बीह[6] का दाना है।
क्या हुस्न ने समझा है, क्या इश्क़ ने जाना है,
हम ख़ाकनशीनों[7] की ठोकर में ज़माना है।

तू जहां नाज़[8] से क़दम रख दे,
वो ज़मीं आसमान है प्यारे।
दिल का आ़लम[9] निगाह क्या जाने,
ये तो सिर्फ़ इक ज़ुबान है प्यारे।
तू नहीं मैं हूं, मैं नहीं तू है,
अब कुछ ऐसा गुमान[10] है प्यारे।
कहने-सुनने में जो नहीं आती,
वो भी इक दास्तान है प्यारे।

---

1. प्रेम-रहस्य 2. प्रिय 3. प्रेमोन्माद 4. तुच्छ 5. प्रेमी का हृदय 6. माला 7. ज़मीन पर बैठनेवालों, ग़रीबों, फ़क़ीरों 8. हावभाव, अदा के साथ 9. हृदय की अवस्था 10. भ्रम

दर्द बढ़कर फ़ुगां[1] न हो जाए,
ये ज़मीं आस्मां न हो जाए
दिल में डूबा हुआ है जो नश्तर,
मेरे दिल की ज़ुबां न हो जाए।

ज़रा तो आंख खुले अक़्ल में शऊर[2] आए,
हम अपने आप में आएं तो वो ज़रूर आए।
हज़ार सिजदे करे रात-रात-भर ज़ाहिद,
जो दिल साफ़ न हो क्या जबीं में नूर[3] आए।

ग़ैरते - बन्दगी - ओ - नाचारी[4],
कोई बन्दानवाज़[5] क्या जाने।
सीनए-नै[6] पे जो गुज़रती है,
वो लबे-नैनवाज़[7] क्या जाने।

हां, मुबारक अब है मेराजे - नज़र[8] मेरे लिए,
जिस क़दर वो दूरतर नज़दीकतर मेरे लिए।
मुझको जन्नत ही जो देना है तो या रब बख़्श दे,
बस यही दामाने-तर चश्माने-तर[9] मेरे लिए।
मैं तो हर हालत में ख़ुश हूं लेकिन इसका क्या इलाज,
डबडबा आती हैं वो आंखें 'जिगर' मेरे लिए।

1. रोदन, आर्तनाद 2. चेतना 3. ललाट में प्रकाश 4. दासता और विवशता की लज्जा 5. भक्तवत्सल, दास पर दया करनेवाला 6. बांसुरी का दिल 7. बांसुरीवादक का होंठ 8. दृष्टि की पराकाष्ठा 9. पापी काया और तर (अनुतापदग्ध) आंखें

स्फुट शेर

ख़बर नहीं है मुझे मैं क्या हूं आरज़ू क्या है?
किसी ने जब से ये समझा दिया कि तू क्या है।

इक जगह बैठके पी लूं मेरा दस्तूर नहीं,
मयकदा[1] तंग[2] बना दूं मुझे मंज़ूर नहीं।

दिल है क़दमों पर किसीके सर झुका हो या न हो,
बंदगी तो अपनी फ़ितरत[3] है ख़ुदा हो या न हो।

ये जुनूं[4] भी क्या जुनूं, यह हाल भी क्या हाल है,
हम कहे जाते हैं कोई सुन रहा हो या न हो।

जब से मेरी आंखों में तेरी जल्वागरी है,
दुनिया मेरे नज़दीक तबस्सुम[5] से भरी है।
ये नशा भी क्या नशा है कहते हैं जिसे हुस्न,
जब देखिए कुछ नींद - सी आंखों में भरी है।

जब नज़र अपनी हक़ीक़त[6] आई,
मुझ पे ख़ुद मेरी तबीअत आई।
दिले-मरहूम[7] के मातम के लिए,
बाल खोले शबे-फ़रक़त[8] आई।

1. मधुशाला 2. सीमित, छोटी 3. प्रकृति 4. उन्माद 5. मुस्कान 6. वास्तविकता, सत्य, तत्त्व, ईश्वरत्व 7. मत हृदय 8. वियोग की रात

[लमहाते-तूर]

[इसमें 'जिगर' की नज़्में हैं। नज़्में भी इसी अर्थ में नज़्में कही जा सकती हैं कि वे विषय-विशेष पर लिखी गई हैं, अन्यथा वे भी तग़ज़्ज़ुल के सांचे में ढली हुई हैं। इनके चुने अंश यहां दिए जा रहे हैं।]

1. शिकस्ते-तोबा[1]

साक़ी की हर निगाह पे बल खाके पी गया,
लहरों से खेलता हुआ लहराके पी गया।
बेकैफ़ियों[2] के कैफ़ से घबराके पी गया,
तौबा को तोड़-ताड़के थर्राके पी गया।
ज़ाहिद[3]! ये मेरी शोख़िए-रिंदाना[4] देखना,
रहमत[5] को बातों-बातों में बहलाके पी गया।
सरमस्तिए-अजल[6] मुझे जब याद आ गई,
दुनियाए-एतिबार[7] को ठुकराके पी गया।
आज़ुर्दगीए - ख़ातिरे - साक़ी[8] को देखकर,
मुझको वो शर्म आई कि शर्माके पी गया।
ऐ रहमते-तमाम[9]! मेरी हर खता[10] मुआफ़[11],
मैं इतिहाए - शौक़[12] में घबराके पी गया।

---

1. न पीने की प्रतिज्ञा का टूटना 2. अमादकताओं 3. विरक्त, तपस्वी 4. मद्यपीय चांचल्य 5. ईश्वरत्व 6. आदिकाल की सरमस्ती (मतवालापन) 7. विश्वास की (आस्तिकों की) दुनिया 8. साक़ी के हृदय की अप्रसन्नता 9. कृपासागर, ईश्वर 10. अपराध 11. क्षमा 12. उत्कण्ठा की पराकाष्ठा।

पीता बग़ैर इज़्न[1] ये कब थी मेरी मजाल,
दरपर्दा चश्मे-यार[2] की शह पाके पी गया।
उस जाने-मैकदा[3] की क़सम बारहा[4] 'जिगर',
कुल आलमे-बसीत[5] पे मैं छाके पी गया।

2. तस्वीर व तसव्वुर

वही लताफ़त[6], वही नज़ाकत[7], वही तबस्सुम[8], वही तरन्नुम[9],
मैं नक़्शे - हिर्मां[10] बना हुआ था वो नक़्शे-हैरत बना रहे हैं।
ख़िराम[11] रंगीं, निज़ाम[12] रंग़ी, कलाम[13] रंग़ी, पयाम[14] रंग़ी,
क़दम-क़दम पर, रविश-रविश पर नये-नये गुल खिला रहे हैं।
शबाब रंगीं, जमाल रंगीं, वो सर से पा तक तमाम रंगीं,
तमाम रंगीं बने हुए हैं, तमाम रंगीं बना रहे हैं।
शराब आंखों से ढल रही है, नज़र से मस्ती उबल रही है,
छलक रही है, उछल रही है, पिए हुए हैं, पिला रहे हैं।

3. नसे नर्गिसे-मस्ताना[15]

[गुरु-स्वरूप हज़रत 'असगर' को सम्बोधित]

अपना ही सा ऐ नर्गिसे - मस्ताना बना दे,
मैं जब तुझे जानूं मुझे दीवाना बना दे।
हर क़ैद से, हर रस्म से बेगाना[16] बना दे,
दीवाना बना दे मुझे दीवाना बना दे।

---

1. आदेश 2. पर्दे के पीछे छिपी प्रियतमा का संकेत 3. मधुशाला के प्राण 4. अक्सर, प्रायः 5. विस्तृत विश्व 6. सौन्दर्य, मृदुलता 7. क्षीणता 8. मुस्कान 9. संगीत 10. निराशा-चिह्न 11. चलन 12. व्यवस्था 13. वार्तालाप 14. सन्देश 15. मस्ती-भरी नर्गिस (मस्त नर्गिसी आंखवाले) 16. उदासीन, मुक्त

तू साक़िए-मयख़ाना भी तू नशा-प्रो-मय भी[1],
मैं तश्नए-हस्ती[2], मुझे मस्ताना बना दे।
या दीदा-ओ-दिल[3] में मेरे तू आप समा जा,
या फिर दिलो-दीदा ही को वीराना बना दे।
क़तरे में वो दरिया है जो आ़लम को डुबो दे[4],
ज़र्रे में वो सहरा है कि दीवाना बना दे[5]।
लेकिन मुझे हर क़ैदे-तअय्युन[6] से बचाकर,
जो चाहे वो ऐ नर्गिसे-मस्ताना बना दे।
आ़लम तो है दीवाना 'जिगर' हुस्न की ख़ातिर[7],
तू अपने लिए हुस्न को दीवाना बना दे।

बुतख़ाने में आ निकले तो का'बा की बिना[8] डाल,
का'बे में पहुंच जाए तो बुतख़ाना बना दे।
मैं हूं तेरे क़दमों में मुझे कुछ नहीं कहना,
अब जो भी तेरा लुत्फ़-करीमाना[9] बना दे।

4. मज्ज़ूत की सदा[10]

इसी तलाशो-तजस्सुस[11] में खो गया हूं मैं,
अगर नहीं हूं तो क्योंकर, जो हूं तो क्या हूं मैं।
कमाले - बेबसरी[12] पर भी क्या बला हूं मैं,
वो मुझको देख रहा है ये देखता हूं मैं।

---

1. तू मधुशाला का साक़ी (पिलानेवाला) भी है, नशा भी है और शराब भी है 2. जीवन का प्यासा 3. नयन और हृदय 4-5. बिन्दु में वह सागर है जो संसार को डुबा सकता है और कण में वह मरुस्थल है जो दीवाना बना दे सकता है 6. अस्तित्व के बन्धनों 7. सौंदर्य के लिए 8. नींव 9. दयापूर्ण उदारता 10. ब्रह्मलीन (ऊपर से पागल-सा दिखनेवाले) की वाणी 11. अन्वेषण 12. पूर्ण अन्धता

समझ में ख़ाक न आएंगे मानी - ओ - मतलब[1],
मुझे न सुन कि बहुत दूर की सदा[2] हूं मैं।
किधर है मंज़रे-हस्ती[3] के देखने वाले,
ये साज़[4] वो नहीं जिस साज़[5] की सदा हूं मैं।
खुला हुआ है मेरे सामने सहीफ़ए - इश्क़[6],
समझ रहा हूं मगर क्या समझ रहा हूं मैं।
मिटाए लाख ज़माना मिटा नहीं सकता,
अगर ये सच है कि तेरी ही इक अदा हूं मैं।
'जिगर[5] ये हर्जासराई[7] मेरी ये बेरब्ती[8],
यक़ीं हुआ किसी मज्ज़ूत की सदा हूं मैं।

5. मेरे लिए

उफ़, वो रूए-ताबनाक[9] वो चश्मे-तर मेरे लिए,
हाय वो ज़ुल्फ़े - परीशां ताकमर[10] मेरे लिए।
आह[11], वो लग़ज़ीदा-लग़ज़ीदार[12] क़दम मेरी तरफ़,
हाय, वो दुज़्दीदा-दुज़्दीदा[13] नज़र मेरे लिए।
वो रुखें-रंगीं पे अनवारे-मुहब्बत ज़र्द-ज़र्द[14],
वो लबे - नाज़ुक[15] पे तूफ़ाने-शरर[16] मेरे लिए।
जोशे-ग़म, जोशे-हया[17] ,आग़ाज़े-इश्क़[18], एहसासे-हुस्न[19]
कशमकश ही कशमकश आठों पहर मेरे लिए।

---

1. अर्थ 2. आवाज़ 3. अस्तित्व का अभिराम दृश्य 4. वाद्य 5. आवाज़ 6. प्रेम की धर्मपुस्तक 7. अंटशंट बोलना 8. असम्बद्धता 9. ज्योतिर्मय मुख 10. कमर तक बिखरी अलके 11. हाय, अफसोस 12. रपटते चरण 13. चुराई हुई आंखें 14. रंगीन मुख पर पीली-पीली प्रेम की ज्योति 15. पतले होंठों 16. चिनगारियों का तूफ़ान 17. लज्जा की प्रबलता 18. प्रेम का प्रारम्भ 19. सौन्दर्य की अनुभूति

वो सरक जाना यकायक रूए-ताबां[1] से निकाब[2],
हैरत-अफ़ज़ा[3] रौनक़े-दीवारो-दर[4] मेरे लिए।
शबनम आलूदा[5] वो आंखें वो गुलाब अफ़शां जबीं[6],
वो धड़कता दिल वो घबराई नज़र मेरे लिए।

•

---

1. ज्योतिर्मय 2. घूंघट, पर्दा 3. विस्मयकारी 4. दीवार एवं द्वार की शोभा 5. शबनम (आंसुओं) से भरी आंखें 6. गुलाबस्रावी ललाट

आतिशे-गुल

जब इश्क़ अपने मर्कज़े - अस्ली[1] पे आ गया,
ख़ुद बन गया हसीन[2] दो आलम[3] पे छा गया।
अपना ज़माना आप बनाते हैं अहले - दिल[4],
हम वो नहीं कि जिनको ज़माना बना गया।
दिल बन गया निगाह, निगह बन गयो ज़ुबां,
आज इक सुकूते-शौक़[5] क़यामत[6] ही ढा गया।
मेरा कमाले - शे'र[7] बस इतना है ऐ 'जिगर',
वो मुझ पे छा गए, मैं ज़माने पे छा गया।

ग़म वो मयख़ाना, कमी जिसमें नहीं,
दिल वो पैमाना कि भरता ही रहा।
हुस्न तो थक भी गया, लेकिन ये इश्क,
क़ौले - माशूक़ाना[8] करता ही रहा।

गुदाज़े - इश्क़[9] नहीं कम, जो मैं जवां न रहा,
वही है आग, मगर आग में धुआं न रहा।
नहीं कि दिल मेरा वक़्फ़े - ग़मे - निहां[10] न रहा,
मगर वो शेवए - फ़र्सूदए - बयां[11] न रहा।

1. यथार्थ केन्द्र 2. सुन्दर 3. लोक-परलोक 4. सहृदय 5. उत्कएठा का मौन या सन्नाटा 6. प्रलय 7. काव्य की पराकाष्ठा 8. माशूक़ों के से वायदे (जो धूरे नहीं होते) 9. इश्क़ का द्रवण 10. आंतरिक वेदना पर निछावर 11. वर्णन का जीर्ण शैली

दिल को सुकून[1] रूह[2] को आराम आ गया,
मौत आ गयी कि दोस्त का पैग़ाम[3] आ गया।
दीवानगी हो, अक़्ल हो, उम्मीद हो कि यास[4],
अपना वही है वक़्त पे जो काम आ गया।

हमने सीने से लगाया दिल न अपना बन सका,
मुस्कराकर तुमने देखा दिल तुम्हारा हो गया।
मैंने जिस बुत पर नज़र डाली जुनूने - शौक़
में, देखता क्या हूं वो तेरा ही सरापा[5] हो गया।

हर नफ़स[6] ख़ुद बनके मयख़ाना बजाम[7] आही गया,
तोबा जिससे कांपती थी, वो मुक़ाम आ ही गया।
अव्वल-अव्वल हर क़दम पर थीं हज़ारों मंज़िलें,
आख़िर-आख़िर इक मुक़ामे-बेमुक़ाम आ ही गया।

दुनिया के सितम याद न अपनी ही वफ़ा याद,
अब मुझको नहीं कुछ भी मुहब्बत के सिवा याद।
छेड़ा था जिसे पहले पहल तेरी नज़र ने,
अब तक है वो इक नग़मए - बेसाज़ो - सदा याद।
क्या जानिए क्या हो गया अरबाबे-जुनूं[8] को,
मरने की अदा याद न जीने की अदा याद।
मुद्दत हुई इक हादिसए - इश्क़[9] को लेकिन,
अब तक है तेरे दिल के धड़कने की सदा याद।

1. शांति 2. आत्मा 3. प्रिय का संदेशा 4. निराशा 5. नर शिख 6. सांस 7. पात्र-संयुक्त मधुशाला 8. उन्मादवालों का 9. प्रेम की दुर्घटना

हसीन दिल मुतबस्सुम[1] निगाह पैदा कर,
फिर इक लतीफ़-सी ख़ामोश[2] आह पैदा कर।
जिसे हवाए - ज़माना कभो बुझा न सके,
क़दम-क़दम पे वो इक शमअ़-ए-राह[3] पैदा कर।
यही ज़मीं तेरा मस्कन[4], यही तेरा मदफ़न[5],
इसी ज़मीन से तू मेह्रो - माह[6] पैदा कर।

देखा है इक जहाने-ख़ास मैंने कभी-कभी 'जिगर',
हुस्न से भी बुलंदतर, इश्क़ से भी लतीफ़तर[7]।
लाख बयाने - दर्दे - दिल इक वो तबस्सुमे-हज़ी[8],
लाख फ़सानाहाय-शौक़[9] इक वो निगाहे मुख़्तसर[10]।

पहरों से धड़कने की भी आती नहीं आवाज़,
क्या जानिए क्या है दिले-नाशाद का आ़लम[11]।
मंसूर तो सर देके सुबुक[12] हो गया लेकिन,
जल्लाद से पूछे कोई जल्लाद का आ़लम।
मैं और तेरे हिज्रे-मुसलसल[13] की शिकायत,
तेरा ही तो आ़लम है तेरी याद का आ़लम।

हुस्ने - काफ़िर शबाब का आ़लम,
सर से पा[14] तक शराब का आ़लम।

---

1. मुस्कान-भरी 2. मौन 3. पथ-दीप 4. निवास-स्थान 5. समाधि-भवन, क़ब्र 6. सूर्य-चन्द्र 7. सुकोमल 8. वेदना-भरी मुस्कान 9. उत्कण्ठा की लाख कहानियां 10. एक ज़रा-सी, संक्षिप्त दृष्टि 11. हालत 12. हलका 13. निरन्तर . वियोग 14. पैर

अर्क़ आलूदा चेहरा - ए - ताबां[1],
शबनम[2] वो आफ़ताब[3] का आलम।
वो मेरी अर्ज़े - शौक़े - बेहद[4] पर,
कुछ हया[5], कुछ इताब[6] का आलम।
अल्लाह-अल्लाह वो इम्तिज़ाजे - लतीफ़[7],
शोख़ियों में हिजाब[8] का आलम।
ग़म की हर मौज मौजे - तूफ़ांख़ेज़[9],
दिल का आलम हुबाब का आलम[10]।
वो समां आज भी है याद 'जिगर',
हां, मगर जैसे ख़्वाब का आलम।

जुनूं कम, जुस्तजू कम, तश्नगी कम,
नज़र आए न क्यों दरिया भी शबनम।
वो इक हुस्ने - सरापा अल्लाह-अल्लाह,
कि जिसकी हर अदा आलम ही आलम।
कहां पहलूए - ख़ुर्शीदे - जहांताब[11],
कहां इक नाज़नीं दोशीज़ा शबनम[12]।
मसर्रत[13] ज़िन्दगी का दूसरा नाम,
मसर्रत की तमन्ना मुस्तक़िल[14] ग़म।

1. पसीने में तर ज्योतिर्मय मुख 2. ओस 3. सूर्य 4. असीम उत्कण्ठापूर्ण निवेदन 5. लज्जा 6. क्रोध 7. मधुर मिश्रण 8. शरारत में शर्म की अवस्था 9. तूफान उठानेवाली तरंगें 10. दिल की हालत बुलबुले जैसी है (ग़म की तरंगों में दिल बुलबुले-सा डूब रहा है।) 11. संसार को प्रकाशित करनेवाले सूर्य का पहल 12. तन्वंगी कुमारिका-सी ओस 13. प्रसन्नता 14. स्थायी, सनातन, वेदना

मानूस[1] हो चले हैं जो दिल की सदा से हम,
शायद कि जी उठें तेरी आवाज़े - पा[2] से हम।
ये कौन छा गया है दिलो-दीदा[3] पर कि आज,
अपनी नज़र में आप हैं नाआशना[4] से हम।

ये ज़र्रे[5] जिनको हम ख़ाके-रहे-मंज़िल[6] समझते हैं,
ज़बाने-हाल रखते हैं ज़बाने-दिल समझते हैं।
जिसे सब लोग हुस्नो-इश्क़ की मंज़िल समझते हैं,
बुलन्द उससे भी हम अपना मुक़ामे-दिल समझते हैं।
निगाहों में कुछ ऐसे बस गए हैं हुस्न के जल्वे,
कोई महफ़िल हो लेकिन हम तेरी महफ़िल समझते हैं।
ये नर्मो - नातुवां मौज़ें[7] ख़ुदी का राज़[8] क्या जानें,
क़दम लेते हैं तूफ़ां, अज़्मते-साहिल[9] समझते हैं।

पीने से काम है हमें मयकदए - हयात[10] में,
ज़र्फ़[11] जुदा-जुदा सही अस्ल[12] जुदा-जुदा नहीं।
फूल वही, चमन वही, फ़र्क़ नज़र-नज़र का है,
अहदे-बहार[13] में था क्या दौरे-ख़ज़ां[14] में क्या नहीं।
फिर ये जुदाइयां हैं क्यों, फिर ये दुहाइयां हैं क्यों,
इश्क़ से तू अलग नहीं हुस्न से मैं जुदा नहीं।

---

1. अभ्यस्त, प्रेमी 2. चरण-ध्वनि 3. हृदय एवं नयन 4. अपरिचित 5. कण 6. मंजिल के मार्ग की धूल 7. क्षीण तरंगें 8. अहं का रहस्य 9. तट की महत्ता 10. जीवन-मधुशाला 11. पात्र 12. यथार्थ वस्तु, तत्त्व, माल 13, वसन्तकाल 14. पतझड़ का काल

ऐ मेरे मक़्सदे-हयात[1] गोशए - चश्मे - इल्तिफ़ात[2],
एक निगह तो है बहुत नीम निगह[3] में क्या नहीं?

मुकम्मल[4] नहीं है जुनूने - तजस्सुस[5],
मुसल्सल[6] जहां दर जहां और भी हैं।
यहीं तक नहीं इश्क़ की सैरगाहें,
महो[7] - अंजुमो[8] - कहकशां[9] और भी हैं।*
नहीं मुनहसिर[10] कुछ मय-ो-मयकदा[11] तक,
मेरी तश्नासामानियां[12] और भी हैं।

दिल में किसी के राह किए जा रहा हूं मैं,
कितना हसीं गुनाह[13] किए जा रहा हूं मैं।
फ़र्दे-अमल[14] सियाह[15] किए जा रहा हूं मैं,
रहमत[16] को बेपनाह किए जा रहा हूं मैं।
ऐसी ही इक निगाह किए जा रहा हूं मैं,
ज़र्रो को मेह्रो-माह[17] किए जा रहा हूं मैं।
मुझसे लगे हैं इश्क़ की अज़्मत[18] को चार चांद,
ख़ुद हुस्न को गवाह किए जा रहा हूं मैं।

---

* इक़बाल : सितारों के आगे जहां और भी हैं,
अभी इश्क़ के इम्तिहां और भी हैं।

1. जीवनोद्देश्य 2. प्रणय-कटाक्षपूर्ण नयन-वोर 3. अधखुली आंखें 4. परिपूर्ण 5. अन्वेषण का उन्माद 6. श्रृंखलाबद्ध, निरन्तर 7. चन्द्र 8. नक्षत्र 9. आकाशगंगा, छायापथ 10. निर्भर 11. मद्य और मधुशाला 12. प्यास की वस्तुएं 13. सुन्दर पाप 14. कार्य-पट 15. काला 16. कृपा 17. सूर्य-चन्द्र 18. महत्ता

आगे क़दम बढ़ाएं जिन्हें सूझता नहीं,
रौशन चिराग़े-राह[1] किए जा रहा हूं मैं।
मासूमिए-जमाल[2] को भी जिन पे रश्क[3] है,
ऐसे भी कुछ गुनाह[4] किए जा रहा हूं मैं।
उठती नहीं है आंख मगर उसके रूबरू[5],
नादादा[6] इक निगाह किए जा रहा हूं मैं।
गुल्शन परस्त[7] हूं मुझे गुल[8] ही नहीं अज़ीज़[9],
कांटों से भी निबाह किए जा रहा हूं मैं।
यूं ज़िन्दगी गुज़ार रहा हूं तेरे बग़ैर,
जैसे कोई गुनाह किए जा रहा हूं मैं।

बेकैफ़ दिल है और जिए जा रहा हूं मैं,
ख़ाली है शीशा[10] और पिए जा रहा हूं मैं।
मज्बूरिए-कमाले-मुहब्बत[11] तो देखना,
जीना नहीं क़ुबूल जिए जा रहा हूं मैं।
वो दिल कहां है अब कि जिसे प्यार कीजिए,
मजबूरियां हैं साथ दिए जा रहा हूं मैं।
रुखसत[12] हुई शबाब[13] के हमराह[14] ज़िन्दगी,
कहने की बात है कि जिए जा रहा हूं मैं।
पहले शराब ज़ोस्त[15] थी, अब ज़ोस्त है शराब,
कोई पिला रहा है, पिए जा रहा हूं मैं।

1. पथ-दीप 2. सौन्दर्य की निरीहता 3. ईर्ष्या 4. पाप 5. सामने 6. अनदेखी 7. पुष्पोद्यानपूजक 8. पुष्प 9. प्रिय 10. सुराहो, मद्यमाण्ड 11. प्रेम-पराकाष्ठा की विवशता 12. विदा 13. यौवन, जवानी 14. साथ 15. अस्तित्व, जीवन

मेरा ज़ौक़ भी मेरा शौक़ भी है बुलन्द सतहे-अवाम[1] से,
तेरा हिज्र[2] भी तेरा वस्ल[3] भी मेरे दर्दे-दिल की दवा नहीं।
जिसे मैं भी ख़ुद न बता सका मेरा राज़े-दिल[4], है वो राज़े-दिल,
जिसे ग़ैर दोस्त समझ सके मेरे साज़[5] में वो सदा[6] नहीं।
वो हज़ार दुश्मने-जां[7] सही मुझे ग़ैर फिर भी अज़ीज़[8] है,
जिसे ख़ाके-पा[9] तेरी छू गई वो बुरा भी हो तो बुरा नहीं।

ख़ुद जिसमें आर्ज़ूए-शिकस्ते-ग़ुरूर[10] है,
ऐसी भी आज एक नज़र देखता हूं मैं।
रौबे-जमालो-जर्ज़्बे-मुहब्बत[11] तो देखना,
उठती नहीं निगाह मगर देखता हूं मैं।
अल्लाह रे कमाले-ख़ुदी[12] की ये वुसअ़ते[13],
मेरा ही सामना है जिधर देखता हूं मैं।
मेरा मुक़ामे-इश्क़ मुक़ामे-फ़ना[14] नहीं,
दुनियाए-ज़िन्दगी है जिधर देखता हूं मैं।
शायद उन्हें भी इसकी ख़बर हो न ऐ 'जिगर',
दरपर्दए-नज़र जो नज़र देखता हूं मैं।

दुनिया को देख दीदए-रौशन-निगाह[15] से,
फ़िर्दौस-ज़िन्दगी[16] है वबाले-नज़र नहीं।

---

1. सर्वसाधारण के स्तर से उच्च 2. विरह 3. मिलन 4. हृदय-रहस्य 5. बाजा 6. स्वर 7. प्राण-शत्रु 8. प्रिय 9. चरण-धूलि 10. प्रेम की भावना और सौन्दर्य का आतंक 11. अहं की पराकाष्ठा 12. विस्मृतियां 13. विनाशस्थल 14. दृष्टि के पीछे, दष्टि के अन्दर 15. ज्योतिर्मय दृष्टिवाले नयन 16. जीवन-स्वर्ग

जो हर नफ़स[1] के साथ न लाए पयामे-दोस्त,
हर्गिज़ वो मेरी शाम वो मेरी सहर[2] नहीं।
ये शर्मगीं निगाह[3], ये इन्कारे-मुज़्महिल[4],
फिर क्या है एतिराफ़े-मुहब्बत[5] अगर नहीं।

मुहब्बत में ये क्या-क्या मुक़ाम आ रहे हैं,
कि मंज़िल पे हैं और चले जा रहे हैं।
ये कह-कहके हम दिल को बहला रहे हैं,
वो अब चल चुके हैं वो अब आ रहे हैं।

अब लफ्ज़े-बयां[6] सब ख़त्म हुए, अब दीदा-ओ-दिल का काम नहीं,
अब इश्क़ है ख़ुद पैग़ाम[7] बना, अब इश्क़ का कुछ पैग़ाम नहीं।
ये हुस्न है क्या, ये इश्क़ है क्या, किसको ख़बर है इसकी लेकिन,
बे जाम ज़हूरे-बादा[8] नहीं, बे बादा फुरोग़े-जाम[9] नहीं।
ज़ाहिद !तेरे इन सिज्दों के इवज़,सब कुछ हो मुबारक तुझको मगर,
वो सिज्दा नहीं है कुफ्रे-जबीं जो सिज्दा कि ख़ुद, इनआम नहीं[10]।
दनिया ये दुखी है, फिर भी मगर थककर ही सही, सो जाती है,
तेरे ही मुक़द्दर में ऐ दिल क्यों चैन नहीं आराम नहीं।

---

1. श्वास 2. प्रभात 3. लज्जित दृष्टि 4. शिथिल इन्कार 5. प्रेम की स्वीकृति 6. बर्णन की भाषा 7. सन्देश 8. मदिरा की अभिव्यक्ति 9. सुरापात्र की प्रतिष्ठा 10. जो नमन स्वयं अपना पुरस्कार नहीं, उसे माथे का अधर्म समझना चाहिए

सीनए-आहन[1] भी था जिससे गुदाज़[2],
अब दिलों में वो हरारत[3] ही नहीं।
आदमी के पास सब कुछ है मगर,
एक तनहा आदमीयत ही नहीं।
सिर्फ़ नक़्क़ाली है मग़रिब[4] की 'जिगर',
शे'र में जब मश्रक़ीयत[5] ही नहीं।

क्या जानिए ख़याल कहां है नज़र कहां,
तेरी ख़बर के बाद ख़ुद अपनी ख़बर कहां?
मिलकर हुजूमे-जल्वा[6] में ख़ुद जल्वा बन गई,
पहुंचा है किस जगह से मुक़ामे-नज़र कहां?
आज इसकी मेहमान है कल उसकी मेहमां,
इस ख़ानमां ख़राब[7] मुहब्बत का घर कहां?

शादबाश-ो-ज़िन्दाबाश ऐ इश्क़ ख़ुश सौदाएं[8]-मन,
तुझसे पहले अपनी अज़मत[9] भी कहां समझा था मैं।
क्या बताऊं किस क़दर ज़ंजीरे-पा[10] साबित हुए,
चन्द तिनके जिनको अपना आशियां समझा[11] था मैं।
ज़िन्दगी निकली मुसल्सल[12] इम्तिहां दर इम्तिहां,
ज़िन्दगी को दास्तां ही दास्तां समझा था मैं।
उस घड़ी की शर्म रख ले ऐ निगाहे- नाज़े-दोस्त[13]!
हर नफ़स[14] को जब हयाते-जाविदां[15] समझा था मैं।

1. लोहे का हृदय 2. द्रवित 3. ताप 4. पश्चिम 5. पूर्वत्व 6. ज्योतिपुंज 7. गृहहीन प्रेमी 8. प्रेम के सुन्दर उन्माद 9. महत्ता 10. पदश्रृंखला 11, नीड़ 12. निरंतर 13. प्रियतम की हाव-भरी दृष्टि 14. श्वास 15. अमर जीवन

ऐ सहारों की ज़िन्दगी वालो!
कितने इंसान बेसहारे हैं।
हम तो अब डूबकर ही उभरेंगे,
वो रहें शाद[1] जो किनारे हैं।

मंडलाए हुए जब हर जानिब तूफ़ां ही तूफ़ां होते हैं,
दीवाने कुछ आगे बढ़ते हैं और दस्तो-गिरेबां[2] होते हैं।
तू ख़ुश है कि तुझको हासिल हैं मैं ख़ुश कि मेरे हिस्से में नहीं,
वो काम जो आसां होते हैं वो जल्वे जो अर्ज़ां[3] होते हैं।
आसूदए-साहिल[4] तू है मगर, शायद ये तुझे मालूम नहीं,
साहिल[5] से भी मौजें[6] उठती हैं ख़ामोश[7] भी तूफ़ां होते हैं।

तस्ख़ीरे-मेह्रो-माह[8] मुबारक तुझे, मगर,
दिल में नहीं अगर, तो कहीं रौशनी नहीं।
वाइज़! अब और क्या कहूं लेकिन ख़ता[9] मुआफ़,
जो तेरे सामने है हक़ीक़त[10] वही नहीं।
क्या जानिए ये कौन-सा आ़लम है ऐ 'जिगर',
दिल मुज़्तरिब[11] है और कोई बात भी नहीं।

उम्रें बीतीं, सदियां गुज़रीं,
है वही अब तक अक़्ल का बचपन।

---

1. प्रसन्न 2. एक-दूसरे का गला पकड़े हुए, हाथापाई करते हुए 3. सस्ते 4. किनारे लगा हुआ 5. तट 6. तरंगें 7. मौन 8. सूर्य-चंद्र पर अधिकार 9. अपराध क्षमा हो ! 10. सत्य 11. बेचैन

कांटों का भी हक़ है आख़िर,
कौन छुड़ाए अपना दामन।
चलती-फिरती छांव है प्यारे,
किसका सहरा, कैसा गुलशन।

हमको मिटा सके ये ज़माने में दम नहीं,
हमसे ज़माना ख़ुद है ज़माने से हम नहीं।
या रब[1]! हुजूमे-दर्द[2] को दे और वुसअ़तें[3],
दामन तो क्या अभी मेरी आंखें भी नम नहीं।
अब इश्क़ उस मुक़ाम पे है जुस्तजू-नवर्द[4],
साया[5] नहीं जहां, कोई नक़्शे-क़दम[6] नहीं।

इससे बढ़कर दोस्त कोई दूसरा होता नहीं,
सब जुदा हो जाएं लेकिन ग़म जुदा होता नहीं।
अल्लाह-अल्लाह ये कमाले-इर्तिबाते-हुस्नो-इश्क़[7],
फ़ासले हों लाख दिल से दिल जुदा होता नहीं।
वक़्त आता है इक ऐसा भी सरे बज़्मे-जमाल[8],
सामने होते हैं वो और सामना होता नहीं।
क्या क़यामत है कि इस दौरे-तरक़्क़ी[9] में 'जिगर',
आदमी से आदमी का हक़ अदा होता नहीं।

---

1. हे ईश्वर 2. व्यथा-पुंज 3. विस्तार, विस्तृतियां 4. अन्वेषक, अन्वेषणरतः 5. छाया 6. चरण-चिह्न 7. सौन्दर्य और प्रेम के पारस्परिक बंधन की पराकाष्ठा 8. सौन्दर्य की महफ़िल 9. प्रगति-युग

फिर वही रुत, वही हम-तुम, वही तनहाई हो,
फिर हर इक चोट मुहब्बत की उभर आई हो।
गिरके नज़रों से तेरी उसका ठिकाना ही कहां,
जिसने ज़ालिम तेरे दिल में भी जगह पाई हो।
हाय उस हिस्सए-गुलशन[1] का मुक़द्दर[2] हमदम[3],
न ख़ज़ां आई हो जिसमें न बहार आई हो।
यूं भी हो काश ग़मे-इश्क़ की तासीर[4] 'जिगर'
मैं तमन्ना न करूं और वो तमन्नाई[5] हो।

सरापा[6] हक़ीक़त मुजस्सिम[7] फ़साना,
मुहब्बत का आ़लम जुनूं का ज़माना।
वो पहले पहल दोनों जानिब[8] ये आ़लम,
अदा बेताअ़ल्लुक़, नज़र महरिमाना[9]।
नज़र उठते-उठते नज़र मिलते-मिलते,
धड़कते दिलों का वो नाज़ुक फ़साना।
हया में वो मासूम-सी इक शरारत,
शरारत में मौहूम[10]-सा इक फ़साना।
वो अश्को-तबस्सुम[11] का पुरकैफ़[12] मौसिम,
वो शे'रो-तरन्नुम[13] का रंगीं ज़माना।
कभी रूए-ज़ेबा[14] पे ग़ुस्से की लहरें,
कि जैसे कोई बिजलियों का ख़ज़ाना।

---

1. पुष्पोद्यान के भाग 2. भाग्य 3. सखा 4. प्रभाव 5. अभिलाषी 6. आपादमस्तक 7. साकार 8. ओर 9. रहस्य-भरी दृष्टि 10. भ्रमात्मक 11 आंसू और मुस्कान 12. मस्ती-भरी 13. काव्य एवं संगीत 14. सुन्दर मुख

हर इक सूरत हर इक तस्वीर मुबहम[1] होती जाती है,
इलाही, क्या मेरी दीवानगी कम होती जाती है।
ज़माना गर्मे-रफ़्तारे-तरक़्क़ी होता जाता है,
मगर इक चश्मे-शायर है कि पुरनम[2] होती जाती है।
यही जी चाहता है छेड़ते ही छेड़ते रहिए,
बहुत दिलकश अदाए-हुस्ने-बरहम[3] होती जाती है।
तसव्वुर[4] रफ़्ता-रफ़्ता[5] इक सरापा बनता जाता है,
वो इक शै[6] जो मुझी में है, मुजस्सिम[7] होती जाती है।
वो रह-रहकर गले मिल-मिलके रुख़सत होते जाते हैं,
मेरी आंखों से या रब! रोशनी कम होती जाती है।
'जिगर[1] तेरे सुकूते-ग़म[8] ने ये क्या कह दिया उनसे,
झुकी पड़ती हैं नज़रें आंख पुरनम होती जाती है।

किसी सूरत नमूदे-सोज़े-पिनहानी[9] नहीं जाती,
बुझा जाता है दिल चेहरे की ताबानी[10] नहीं जाती।
सदाक़त हो तो दिल सीनों से खिंचने लगते हैं वाइज़,
हक़ीक़त ख़ुद को मनवा लेती है मानी नहीं जाती।
बुलन्दी चाहिए इंसान की फ़ितरत[11] में पोशीदा[12],
कोई हो भेस लेकिन शाने-सुलतानी नहीं जाती।
जिसे रौनक़ तेरे क़दमों ने देकर छीन ली रौनक़,
वो लाख आबाद हो, उस घर की वीरानी नहीं जाती।

---

1. अस्पष्ट 2. गीली 3. नाराज़ी में सौंदर्य की अदा और चित्ताकर्षक होती नाती है 4. ध्यान 5. धीरे-धीरे 6. वस्तु 7. साकार, प्रत्यक्ष 8. गम की ख़ामोशी 9. प्रच्छन्न (आंतरिक) ताप की अभिव्यक्ति 10. चमक 11. प्रकृति स्वभाव 12. छिपी

वो यूं दिल से गुज़रते हैं कि आहट तक नहीं होती,
वो यूं आवाज़ देते हैं कि पहचानी नहीं जाती।
मुहब्बत में इक ऐसा वक़्त भी दिल पर गुज़रता है,
कि आंसू ख़ुश्क हो जाते हैं तुग़यानी[1] नहीं जाती।
'जिगर' वो भी ज़सरतापा[2] मुहब्बत ही मुहब्बत है,
मगर उनकी मुहब्बत साफ़ पहचानी नहीं जाती।

तकल्लुफ़[3] से, तसन्नो[4] से, बरी[5] है शायरी अपनी,
हक़ीक़त शे'र में जो है वही है ज़िन्दगी अपनी।
यहां तक जो 'जिगर' पहुंची है मेराजे-ख़ुदी[6] अपनी,
कि हुस्नइकमश्ग़ला अपना है, इश्क़इक दिल्लगी अपनी।
इसे समझे न समझे कोई, लेकिन वाक़आ ये है,
कि तर्के-मयकशी[7] पर भी वही है मयकशी अपनी।

अगर शामिल न दरपर्दा[8] किसी की आरज़ू होती,
तो फिर ऐ ज़िन्दगी ज़ालिम न मैं होता न तू होती।
अगर हाइल[9] न उस रुख़ पर निकाबे-रंगो-बू होती,
किसे ताबे - नज़र रहती मजाले - आरज़ू होती।
न इक मर्कज़[10] पे रुक जाती, न यूं बेआबरू होती,
मुहब्बत जुस्तजू थी जुस्तजू ही जुस्तजू होती।

1. बाढ़ 2. ऊपर से नीचे तक, सिर से पैर तक 3. दिखावा 4. कृत्रिमता 5. मुक्त 6. अहं की पराकाष्ठा 7. मद्यपान-त्याग 8. पर्दे में से, ओट से 9. बाधक, बीच में आना 10. केन्द्र

आंख में बसके दिल में समाकर चले गए,
ख़्वाबीदा[1] ज़िन्दगी थी जगाकर चले गए।
हुस्ने-अज़ल[2] की शान दिखाकर चले गए,
यक वाक़आ-सा याद दिलाकर चले गए।
रग रग में इस तरह वो समाकर चले गए,
जैसे मुझी को मुझसे चुराकर चले गए।
मेरी हयाते-इश्क़[3] को देकर जुनूने-शौक़[4],
मुझको तमाम होश बनाकर चले गए।
आए थे दिल की प्यास बुझाने के वास्ते,
इक आग-सी वो और लगाकर चले गए।
आए थे चश्मे-शौक़ की हसरत निकालने,
सरताक़दम[5] निगाह बनाकर चले गए।
लब थर-थराके रह गए, लेकिन वो ऐ 'जिगर'!
जाते हुए निगाह मिलाकर चले गए।

नहीं जानते कुछ कि जाना कहां है,
चले जा रहे हैं मगर जाने वाले।
मेरे दिल की बेताबियां भी लिए जा,
दबे पांव मुंह फेरकर जाने वाले।
मुहब्बत में हम तो जिए हैं, जिएंगे,
वो होंगे कोई और मर जाने बाले।

1. सोई हुई 2. आदि-सौंदर्य 3.प्रेम-जीवन 4. उत्कण्ठा का उन्माद 5. आपादमस्तक

लैलाए - आबो - गिल[1] तो हज़ारों हज़ार हैं,
मजनूं है जिसकी रूह वो लैला ही और है।
ख़ुद हुस्न इस्ताआरा[2] है जिसके जमाल का,
वो जाने-हुस्न, हुस्ने-सरापा[3] ही और है।
ये हुस्ने-रंग भी कुछ कम न था 'जिगर'
क्या कीजिए कि दिल का तक़ाज़ा ही और है।

पहले तो अर्ज़े- ग़म पे वो झुंझलाके रह गए,
फिर कुछ समझके, सोचके, शर्माके रह गए,
आईना चूम-चूम रहे थे वो बार-बार,
देखा जो यक बयक मुझे शर्माके रह गए।
नग़्मों पे मेरे और तो वो कुछ न कह सके,
कुछ मुस्कराके फूल-से बरसाके रह गए।

फिर दिल है क़स्दे - कूचए - जाना[4] किए हुए,
रग-रग में नेशे-इश्क़[5] को पिनहां[6] किए हुए।
फिर चश्मे - शौक़[7] देर से लबरेज़े-शिकवा[8] है,
क़तरों को मौज, मौज को तूफ़ां[9] किए हुए।
फिर जाने-बेक़रार[10] है आमादए -फ़ुग़ां[11],
सौ हश्र[12] इक सुकूत[13] में पिनहां किए हुए।

---

1. मानवाकृतिवाला लैलाएं 2. रूपक 3. आपादमस्तक सौन्दर्य 4. प्रियतमा की गली में गाने का संकल्प 5. प्रेम-दंश 6. प्रच्छन्न 7. उत्कण्ठित नयन 8. शिकायतों से भरा हुआ 9. बूद को तरंग और तरंग को सागर (या तूफ़ान) 10. बेचैन प्राण 11. रोने को उद्यत 12. प्रलय 13. शांति

फिर बढ़ चला है जोशे - तलब राहे - दोस्त में,
सौ फ़तह[1] हर शिकस्त[2] पे क़ुर्बां किए हुए।
फिर जी ये चाहता है कि बैठे रहें 'जिगर',
उनकी नज़र से भी उन्हें पिनहां किए हुए।

शबे-फ़िराक़[3] है और नींद आई जाती है,
कुछ इसमें उनकी तवज्जोह-सो पाई जाती है।
हमीं पे इश्क़ की तुहमत[4] लगाई जाती है,
मगर ये शर्म जो चेहरे पे छाई जाती है।
गुनाहगार के दिल से न बचके चल ज़ाहिद[5]!
यहीं कहीं तेरी जन्नत भी पाई जाती है।
न सोज़े - इश्क़[6], न बर्क़े - जमाल[7] पर इल्ज़ाम,
दिलों में आग ख़ुशी से लगाई जाती है।

सुकूं है मौत यहां ज़ौक़े - जुस्तजू[8] के लिए,
ये तश्नगी[9] वो नहीं जो बुझाई जाती है।
वो चीज़ कहते हैं फ़िर्दौसे - गुमशुदा[10] जिसको,
कभी-कभी तेरी आंखों में पाई जाती है।
क़रीब मंज़िले - आख़िर है अलफ़िराक़[11] 'जिगर',
सफ़र तमाम हुआ, नींद आई जाती है।

सताते नहीं वो तो उनकी तरफ़ से,
ख़ुद अपने सताने को जी चाहता है।

---

1. विजय 2. पराजय 3. विरह-रात्रि 4. अपयश 5. तपस्वी 6. प्रेमाग्नि 7. सौन्दर्य-विद्युत् 8. अन्वेषण-वृत्ति 9. पिपासा 10. खोया हुआ स्वर्ग 11. विदा

तुझे भूल जाना तो है ग़ैरमुमकिन[1],
मगर भूल जाने को जी चाहता है।
बहुत देर तक छुपके तेरी नज़र से,
तुझे देख पाने को जी चाहता है।
हसीं तेरी आंखें, हसीं तेरे आंसू,
यहीं डूब जाने को जी चाहता है।

जल्वा बक़दरे - ज़र्फ़े नज़र[2] - देखते रहे,
क्या देखते हम उनको मगर देखते रहे।
अपना ही अ़क्स[3] पेशे-नज़र[4] देखते रहे,
आईना रूबरू था जिधर देखते रहे।
ऐसी भी कुछ फ़िराक़[5] की रातें गुज़र गयीं,
जैसे उन्हीं को पेशे - नज़र[6] देखते रहे।

वही मयख़्वार[7] है जो इस तरह मयख़्वार हो जाये,
कि शीशा[8] तोड़ दे और बे पिये सरशार[9] हो जाये।
यही है ज़िन्दगी तो ज़िन्दगी से ख़ुदकुशी अच्छी,
कि इंसां आ़लमे-इंसानियत पर बार[10] हो जाये।
इक ऐसी शान पैदा कर कि बातिल[11] थरथरा उट्ठे,
नज़र तलवार बन जाये नफ़स झकार हो जाये।

न ताबे - मस्ती न होशे-हस्ता कि शुक्रे ने' मत अदा करेंगे,
ख़ज़ां[12] में जब है ये अपना आ़लम बहार आई तो क्या करेंगे।

1. असम्भव 2. दृष्टि-शक्ति की मर्यादा 3. छाया, परछाईं, प्रतिबिम्ब 4. आंखों के सामने 5. विरह 6. आंखों के आगे 7. मद्यप 8. सुराही 9. छक जाए, मस्त हो जाए 10. बोझ 11. झूठ 12. पतझड़ 13. हालत

वहां भी आहें भरा करेंगे वहां भी नाले किया करेंगे,
जिन्हें है तुझसे ही सिर्फ़ निस्बत[1] वो तेरी जन्नत को क्या करेंगे।
ख़ुद अपने ही सोज़े-बातनी[2] से निकाल इक शमए-ग़ैरफ़ानी[3],
चिराग़ो-दैरो-हरम[4] तो ऐ दिल जला करेंगे बुझा करेंगे।

किसका ख़याल कौन-सी मंज़िल नज़र में है,
सदियां गुज़र गयीं कि ज़माना सफ़र में है।
समझे थे दूर तुझसे निकल जाएंगे कहीं,
देखा तो हर मुक़ाम तेरी रहगुज़र में है।
कारीगराने - शे'र[5] से पूछे कोई 'जिगर',
सब कुछ तो है मगर ये कमी क्यों असर में है।

हुस्न की जल्वागरी से है मुहब्बत का जुनून[6],
शमअ़ रौशन हुई पर लग गए परवानों के।
नाज़ है शाहिदे-फ़ितरत[7] को भी जिन पर हमदम[8],
वो चमन सब हैं लगाये हुए दीवानों के।
मैंने देखा है उसे रूप में फ़ितरत के 'जिगर',
मैंने पाया है उसे भेस में इंसानों के।

नासेह! गुदाज़े - इश्क़[9] की मे'राज[10] देखना,
हर क़तरा ख़ूं है शमए - फ़रोज़ां[11] लिए हुए।
दिल को है क्यों गिला[12] कि बज़ाहिर[13] तोवो निगाह,
नश्तर लिये हुए है न पैकां[14] लिये हुए।

1. सम्बन्ध 2. आन्तरिक जलन 3. अमरदीप 4. मन्दिर-मस्जिद के दीपक 5. काव्य के कारीगरों 6. उन्माद 7. प्रकृति के साथी 8. साथी 9. प्रेम की द्रवणशीलता 10. पराकाष्ठा 11. प्रज्वलित दीप 12. शिकायत 13. ऊपर से 14. बाण की नोक

कांटों में जैसे फूल जहन्नुम में जैसे ख़ुल्द[1],
आंखें हैं यूं नदामते - असियां[2] लिये हुए।
फूलों को नाज़े - हुस्न अगर है तो हो 'जिगर',
कांटे भी हैं ग़ुरूरे - गुलिस्तां लिये हुए।

हर लहज़ा इक सरूरे - मयस्सर[3] लिये हुए,
ख़ुद ज़िन्दगी है बादा-ओ-साग़र[4] लिये हुए।
शर्म-गुनह[5] से बढ़के है अफ़वे-गुनह[6] की शर्म,
या रब! कहां मैं जाऊं ये नश्तर लिये हुए।
उफ़ रे! तजल्लिए-रुखे-साक़ी[7] कि बादाकश[8],
रह-रह गये हैं हाथ में सागर लिये हुए।

हाय, वो वक़्त कि जब हुस्न पे आता है शबाब[9],
उफ़, वो हंगाम[10] कि जब इश्क़ जवां होता है।
वक़्त आता है इक ऐसा मुहब्बत में कि जब,
दिल पे एहसासे-मुहब्बत भी गरां[11] होता है।
इन्क़लाबात से क्या ख़ौफ़ कि हर अज़्म[12] 'जिगर',
इसी आग़ोश[13] में पलता है जवां होता है।

शर्मा गये, लजा गये, दामन छुड़ा गये,
ऐ इश्क़ मर्हबा[14]! वो यहां तक तो आ गये।
सेहने-चमन[15] को अपनी बहारों पे नाज़ था,
वो आ गये तो सारी बहारों पे छा गये।

---

1. नरक में जैसे स्वर्ग 2. पाप के लिए अनुताप 3. प्राप्त आनन्द 4. मद्य एवं मद्यपात्र 5. अपराध-लज्जा 6. अपराध की क्षमा 7. साक़ी की मुखामा 8. मद्य प 9. यौवन 10. समय 11. बोझिल 12. संकल्प 13. गोद 14. धन्य 15. उपवन-रूपी आंगन

कहां-कहां उड़के शो'ले[1] पहुंचे ये होश किसको ये कौन जाने,
हमें बस इतना है याद अब तक लगी थी आग अपने घर से पहले।
कहां ये शोरिश[2], कहां ये मस्ती, कहां ये रंगीनियों का आलम,
ज़माना ख़्वाबो - ख़ंयाल[3] - सा था, तेरे फ़ुसूने - नज़र[4] से पहले।
उठा जो चेहरे से पर्दए-शब[5], सिमटके मर्कज़[6] पे आ गए सब,
तमाम जल्वे जो मुन्तशिर[7] थे, तुलूए - हुस्ने - बशर[8] से पहले।
वो यादे-आग़ाज़े-इश्क़[9] अब तक अनीसे-जानो-दिले हज़ी[10] है,
वो इक झिझक-सी वो इक झपक-सी हर इल्तिफ़ाते-नज़र[11] से पहले।
हमीं थे क्या जुस्तजू का हासिल, हमीं थे क्या आप अपनी मंज़िल,
कहीं पे आकर ठहर गया दिल, चले थे जिस रहगुज़र[12] से पहले।
हमारे शौक़े - जुनूं अदा[13] की, सितमज़रीफ़ी[14] तो कोई देखे,
कि नामाबर[15] को रवाना करके पहुंच गए नामाबर से पहले।
कहां थी ये रूह में लताफ़त[16], कहां थी कौनैन[17] में ये बुसअत[18],
हयात[19] ही सो रही थी जैसे किसी की पहली नज़र से पहले।

आदमी आदमी से मिलता है,
दिल मगर कम किसी से मिलता है।
आज क्या बात है कि फूलों का,
रंग तेरी हंसी से मिलता है।

1. स्फुलिंग, चिनगारियां 2. उपद्रव, उन्माद 3. स्वप्न और कल्पना 4. दृष्टि के जादू 5. रात्रिपट 6. केन्द्र 7. बिखरे हुए 8. मानव-सौन्दर्य के उदय 9. प्रेमारम्भ 10. दुःखी हृदय और प्राण का सखा 11. प्रणय-कटाक्ष 12. मार्ग 13. उत्कण्ठा के उन्माद की अदा 14. हंसी के पर्दे में अनीति 15. पत्रवाहक 16. आत्मा का सौंदर्य 17. लोक-परलोक 18. विस्तृति 16. ज़िन्दगी

मिलके भी जो कभी नहीं मिलता,
टूटकर दिल उसी से मिलता है।

ये आदमी है वो पर्वाना शमए-दानिश[1] का,
जो रौशनी में रहे रौशनी को पा न सके।
नया ज़माना बनाने चले थे दीवाने,
नयी ज़मीन, नया आसमां बना न सके।

तरस रही है ज़िन्दगी बरस रही है ज़िन्दगी,
नफ़स-नफ़स में तश्नगी[2] की दास्तां लिये हुए।
अब उस मुक़ामे-इश्क़ से गुज़र रहा हूं मैं 'जिगर',
कि ज़ुल्मतें[3] भी हैं जहां तजल्लियां[4] लिये हुए।

मुहब्बत ज़िन्दगी ही ज़िन्दगी है,
मगर तुझ बिन मेरे किस काम की है।
हटो रस्ते से ऐ शेख़ो-बिरहमन,
मेरे दिल ने मुझे आवाज़ दी है।
बहुत जांकाह है बर्बादिए-दिल[5],
मगर क्या हुस्न है क्या दिलकशी है।

लब[6] तरसते हैं इल्तिजा[7] के लिए,
हाथ उठते नहीं दुआ के लिए।
मुझको जो चाहो नासेहो[8]! कह लो,
कुछ न कहना उसे ख़ुदा के लिए।

---

1. बुद्धि-प्रदीप 2. पिपासा 3. अंधेरे 4. आभाएं 5. दिल की बर्बादी बड़ी प्राणपीड़क है 6. होंठ 7. प्रार्थना 8. उपदेशकों

ऐ 'जिगर'! आप और ऐसी चुप,
कुछ तो फ़र्माइए खुदा के लिए।

ये सब लाला-ओ-गुल ये सब चांद-तारे,
तेरे इक तबस्सुम[1] के चंद इस्तआरे[2]।
ये मौजे-तलातुम[3] ये तूफ़ां ये धारे,
अगर हौसला हो तो ये भी सहारे।
रहे-जूस्तजू में तलाशे-खिज़र क्या[4],
वहीं अपनी मंज़िल जहां दिल पुकारे।
मुझे राहबर की ज़रूरत नहीं है,
सलामत मेरी लग़्ज़िशों[5] के सहारे।

स्फुट

ज़िन्दां[6] में तो मुझको डाल दिया, ऐ हाकिमे-ज़िन्दां तूने मगर,
परवाज़[7] जो मेरी रोक सके, ऐसी भी कोई दीवार उठा।

मुहब्बत ने उसे आग़ोश[8] में भी पा लिया आख़िर,
तसव्वुर[9] ही में रहता था जो इक महशर-ख़राम[10] आख़िर।

ख़ुलूसे - शौक़[11] न जोशे - अ़मल[12] न दर्दे-वतन[13],
ये ज़िन्दगी है ख़ुदाया कि ज़िन्दगी का कफ़न।

---

1. मुस्कान 2. रूपक 3. तूफ़ानी तरंगें 4. अन्वेषण के मार्ग में खिजर (पथप्रदर्शक की तलाश क्यों? 5. फ़िसलनों, लड़खड़ाहटों 6. बन्दीगृह 7. उड़ान 8. आलिंगन, गोद 9. कल्पना, ध्यान 10. जिसकी चाल में प्रलय हो 11. उत्कण्ठा की निष्कपटता 12. काम करने का जोश 13. स्वदेश की वेदना

या रब! ये मुक़ामे-इश्क़ है क्या? गो दीदा-ओ-दिल[1]नाकाम[2] नहीं,
तस्क़ीन[3] हैं और तस्क़ीन नहीं, आराम है और आराम नहीं।

जो तूफ़ानों में पलते जा रहे हैं,
वही दुनिया बदलते जा रहे हैं।

यां हर निगाह सवाल, वहां हर अदा जवाब,
अपना मुआमिला तो कुछ इसके सिवा नहीं।

इंसां है ज़िन्दगी से नालां[4],
इंसां से ज़िन्दगी पशेमां[5]।

मैं वो साफ़ ही न कह दूं जो है फ़र्क मुझमें-तुझमें,
तेरा दर्द दर्दे-तनहा[6], मेरा ग़म ग़मे-ज़माना[7]।

मैं जहां हूं तेरे ख़याल में हूं,
तू जहां है मेरी निगाह में है।

नाज़ जिस ख़ाके-वतन पर था मुझे आह 'जिगर'!
उसी जन्नत[8] पे जहन्नुम[9] का गुमां[10] होता है।

अपने मंसब[11] का न एहसास, न रिन्दों की खबर,
देर से आज ख़ुदा जाने कहां है साक़ी।

1. आंख और दिल 2. असफल 3. शान्ति, धीरज 4. असन्तुष्ट, रोता-चिल्लाता 5. लज्जित 6. आत्मवेदना 7. युग-वेदना 8. स्वर्ग 9. नरक 10. भ्रम 11. पद

छुपके पहरों उसे ऐ देखने वाले ये बता,
मुझमें क्या बात नहीं जो मेरी तस्वीर में है।

हासिले-हर जुस्तुजू[1] आख़िर यही निकला 'जिगर',
इश्क़ ख़ुद मंज़िल भी है मंज़िल से बेगाना भी है।

अब ये महसूस[2] हो चला है 'जिगर'
मौत है ज़िन्दगी की तनहाई[3]।

जानकर मिंजुम्लए - ख़ासाने - मयख़ाना[4] मुझे,
मुद्दतों रोया करेंगे जामो - पैमाना[5] मुझे।

आजकल मयख़ाना में तक़सीम होते हैं[6] 'जिगर',
ज़हर के साग़र शराबे-ज़िन्दगी[7] के नाम से।

ज़िन्दगी आज भी दिलकश है इन्हीं के दम से,
हुस्न इक ख़्वाब सही, इश्क़ एक अफ़साना सही।

बहुत हसीन सही सोहबतें गुलों की, मगर,
वो ज़िन्दगी है जो कांटों के दरमियां गुज़रे।

उनकी जफ़ा पे तर्के - वफ़ा कर रहा हूं
मैं, साए को ज़िन्दगी से जुदा कर रहा हूं मैं।

---

1. प्रत्येक खोज की उपलब्धि 2, अनुभूत 3. एकान्त 4. मधुशाला का एकमात्र संरक्षक 5. मधुपात्र 6. बंटते हैं 7. जीवन-मदिरा के नाम से विध-पात्र।

नज़्में

1. तज्दीदे-मुलाक़ात[1]

मुद्दत में वो फिर ताज़ा मुलाक़ात का आलम[2],
ख़ामोश अदाओं[3] में वो जज़्बात[4] का आलम।
आरिज़[5] से ढलकते हुए शबनम के वो क़तरे[6],
आंखों से झलकता हुआ बरसात का आलम।
वो नज़रों ही नज़रों में सवालात की दुनिया,
वो आंखों ही आंखों में जवाबात का आलम।
नाज़ुक से तरन्नुम[7] में इशारात के दफ़्तर[8],
हल्के से तबस्सुम में कनायात[9] का आलम।
पाकीज़गीए - अस्मते - जज़्बात[10] की दुनिया,
दोशीज़गीए - हुस्ने - ख़यालात[11] का आलम।
शर्माई लजाई हुई वो हुस्न की दुनिया,
वो महकी हुई बहकी हुई रात का आलम।
दो बिछुड़े दिलों की वो बहम[12] सुलहो-सफ़ाई,
पुरकैफ़[13] वो तज्दीदे-मुलाक़ात का आलम।

2. याद

आई जब उनकी याद तो आती चली गई,
हर नक़्शे-मासिवा[14] को मिटाती चली गई।

---

1. मिलन का नवीनीकरण 2. अवस्था 3. मौन हावभाव 4. भावों 5, गाल, कपोल 6. ओस-बिन्दु (यहां आंसू से अभिप्राय है) 7. स्वर-माधुर्य 8. संकेतों के पुंज 9. संकेतों, सैन 10. भावों की अस्मत (कौमार्य) की पविलता 11.भावनाओं के सौन्दर्य का कौमार्य 12. परस्पर 13. मस्ती-भरी 14. इन्द्रियलब्ध जगत् की रेखा

हर मंज़रे - जमाल[1] दिखाती चली गई,
जैसे उन्हीं को सामने लाती चली गई।
हर वाक़या क़रीबतर आता चला गया,
हर शै[2] हसीनतर[3] नज़र आती चली गई।
वीरानए-हयात[4] के एक-एक गोशा[5] में,
जोगिन कोई सितार बजाती चली गई।
दिल फुंक रहा था आतिशे-ज़ब्ते-फ़िराक़[6] से,
दीपक को मेघराग बताती चली गई।
जितना ही कुछ सुकून[7]-सा आता चला गया,
उतना ही बेक़रार बनाती चली गई।
कैफ़ीयतों[8] को होश-सा आता चला गया,
बेक़ैफ़ियों[9] को नींद-सी आती चली गई।
मैं तश्नाकामे-शौक़[10] था, पीता चला गया,
वो मस्त अंखड़ियों से पिलाती चली गई।

3. आजकल

फ़िक्रे-जमील[11] ख़्वाबे-परीशां[12] है आजकल,
शायर नहीं है वो जो ग़ज़लख़्वां[13] है आजकल।
अफ़साना बन गई हैं वसीउल-ख़यालियां[14],
कमज़र्फ़िए-मिज़ाज[15] नुमायां[16] है आजकल।

1. सौन्दर्य-दृश्य 2. वस्तु 3. सुन्दरतर 4. जीवन के उजड़े क्षेत्र 5. कोना 6. विरह के प्रतिबन्ध की आग 7. शान्ति 8. मस्तियों 9. यथार्थताओं, बेमज़ा स्थितियों 10. उत्कण्ठा का प्यासा 11. सुन्दर विचार, सुन्दर कल्पना 12. बिखरे स्वप्न 13. ग़ज़ल गा रहा अर्थात् इश्क़-आशिक़ी की बातें कर रहा 14. उच्च भावनाएं 15. स्वभाव का ओछापन 16. प्रकट

अख़्लाक़[1] एक फ़न है जो अस्ले-जदीद[2] में,
अन्दाजे-हुस्न बनके नुमायां है आजकल।
शाइस्तगी[3] के भेस में रूहे-दरिन्दगी[4],
इंसान के लिबास[5] में शैतां है आजकल।

4. आवाज़ें

चमन के माली अगर बना लें मुआफ़िक़[6] अपना शआर[7] अब भी,
चमन में आ सकती है पलटकर चमन से रूठी बहार[8] अब भी। कोई ये चुपके से उनसे पूछे, कहां गए आपके वे दावे,
निचोड़ता है लहू ग़रीबों का दस्ते-सरमायादार[9] अब भी।
मुनाफ़िक़त[10] की हज़ार बातें वो सुनते रहते हैं और ख़ुश हैं,
मगर सदाक़त की साफ़-ो-सादा-सी बात है नागवार[11] अब भी।
ज़बां-ओ-दिल में नरब्ते-सादिक़[12], न बाहमी[13] वो ख़ुलूसे-कामिल[14],
जो थे ग़ुलामाना ज़िन्दगी में वही हैं लैलो-निहार[15] अब भी।
यही जो सादा-से क़हक़हे हैं यही जो फ़ीके-से हैं तबस्सुम[16],
इन्हीं की तह में बहुत-से अश्कों[17] के हैं रवां आबशार[18] अब भी।

5. नवाए-वक़्त[19]

उठो! उठो! कि ज़िन्दगी ही ज़िन्दगी पे बार[20] है,
बढ़ो! बढ़ो! कि चार सू[21] पुकार ही पुकार है।

1. शिष्टाचार 2. आधुनिक युग 3. सभ्यता 4. फाड़ खानेवाली पशुता की आत्मा 5. वेश 6. अनुकूल 7. आचरण 8. वसन्त 9. पूजीपति 10. कूटाचार, अन्दर कुछ, मुह पर कुछ 11. बुरी लगनेवाली 12. सच्चाई का संबंध 13. आपसी, पारस्परिक 14. पूर्ण निश्छलता 15. रात-दिन 16. मुस्कान 17. आंसुओं 18. निझर 19. युग-स्वर 20. बोझ 21. चतुर्दिक

ज़मीं को रौंदते हुए सफ़ों[1] को चीरते हुए,
बढ़े चलो! बढ़े चलो! ये वक़्त की पुकार है।

6. ज़माने का आक़ा ग़ुलामे-ज़माना[2]

खुला बाबे-ज़िन्दां[3] तो क्या उससे हासिल[4],
कि ख़ुद ज़िन्दगी बन गई क़ैदख़ाना।
मुहब्बत उड़ी जा रही है दिलों से,
हक़ीक़त[5] बनी जा रही है फ़साना[6]।
शराफ़त का मैयार[7] इफ़्राते - दौलत[8],
सदाक़त[9] की मे'राज[10] लफ़्ज़ी तराना[11]।
दलायल[12] की हंगामा-आराइयों[13] में,
कहीं रूह[14] बिस्मिल[15], कहीं दिल निशाना।
बशर[16] की ये पस्ती[17], अरे तौबा-तौबा,
ज़माने का आक़ा, ग़ुलामे - ज़माना।

7. दिल हसीं है तो मुहब्बत हसीं पैदा कर

यही दुनिया कि जो बुतख़ाना बनी जाती है,
इसी बुतख़ाने से का'बे की ज़मीं पैदा कर।
आस्मां मर्कज़े-तख़य्युल व तसव्वुर[18] कब तक?
आस्मां जिससे ख़िजल[19] हो वो ज़मीं पैदा कर।

---

1. पंक्तियां 2. युग का स्वामी ही युग का ग़ुलाम है 3. बन्दीगृह का द्वार 4. लाभ 5. सत्य 6. कल्पना, कहानी 7. कसौटी 8. धनाधिक्य 9. सत्य, सच्चाई 10. सीढ़ी 11. शाब्दिक गान (बातें) 12. तर्क (दलील का बहुवचन) 13. भीड़भाड़, लंतरानियां 14. आत्मा 15. घायल 16. व्यबित, मानव 17. निराशा, पतन, नीचता 18. ध्यान एवं कल्पना का केन्द्र 19. लज्जित

बंदगी यूं तो है इंसान की फ़ितरत[1] लेकिन,
नाज़ जिसपर करें सिज्दे वो जबीं[2] पैदा कर।

8. साक़ी से ख़िताब

कहां से बढ़के पहुंचे हैं कहां तक इल्मो-फ़न[3] साक़ी,
मगर आसूदा[4] इंसां का न तन साक़ी न मन साक़ी।
ये सुनता हूं कि प्यासी है बहुत ख़ाके-वतन[5] साक़ी,
ख़ुदा हाफ़िज़ चला मैं बांधकर सर से कफ़न साक़ी।
सलामत तू, तेरा मयख़ाना, तेरी अंजुमन[6] साक़ी,
मुझे करनी है अब कुछ ख़िदमते-दारो-रसन[7] साक़ी।
रगो-पै[8] में कभी सहबा[9] हो सहबा रक़्स[10] करती थी,
मगर अब ज़िन्दगी ही ज़िन्दगी है मौजज़न[11] साक़ी।
वही इंसां, जिसे सरताजे - मख़्लूक़ात[12] होना था,
वही ख़ुद सी रहा है अपनी अज़मत[13] का कफ़न साक़ी।
मुझे डर है कि इस नापाकतर दौरे-सियासी[14] में,
बिगड़ जाए न ख़ुद मेरा मज़ाक़े-शे'रो-फ़न[15] साक़ी।
कहीं ख़ुद हुस्न रह जाए न क़ौमी मिल्कियत बनकर,
कहीं ख़ुद इश्क़ हो जाए न महदूदे-वतन[16] साक़ी।

•••

1. प्रकृति 2. ललाट 3. विद्या एवं कौशल 4. सन्तुष्ट 5. स्वदेश की भूमि 6. महफ़िल, सभा 7. सूली और फांसी 8. सारा शरीर (नस और पट्ठे) 9. अंगूरी शराब 10. नृत्य 11. तरंगायित 12. सृष्टि-शिरोमणि, जीव-शिरोमणि 13. महत्ता, बड़प्पन 14. अपवित्रतर राजनीतिक युग 15. काव्य-कला की सुरुचि 16. स्वदेश में सीमित